새내기왕
세종

새내기왕
세종

권오준 지음 | 김효찬 그림

차례

새내기 임금

대궐에 어둠이 스며들면서 전각 여기저기 희미한 불빛들이 흘러나왔다. 밤이 깊어지자 순찰 도는 군졸들 발자국 소리와 이따금 방 안의 헛기침 소리들이 또렷해졌다. 봄기운은 완연해져서 대궐 숲 향긋한 풀 내음이 살랑살랑 바람을 따라 흩어지고 있었다.

'부엉 부엉.'

창덕궁 지붕 위에서 부엉이가 울었다. 수강궁 상왕 태종의 방에 앉아 있던 임금 세종의 귀가 순간 솔깃해졌다. 스물셋 젊은 임금은 미간을 찌푸렸다가 다시 눈을 크게 떴다. 임금은 같은 자세로 구부리고 앉아 꽤나 오래 버티고 있었다.

"모름지기 국가란 강해야 합니다."

상왕의 말은 짧고 단호했다.

"명심하겠사옵니다, 아바마마."

"나라를 잘 다스리기 위해 임금은 어떻게 해야겠습니까?"

"백성이 곧 나라의 근본이고…."

"주상, 그건 백번 맞는 말씀입니다만…."

"아바마마, 소자에게 가르침을 주시옵소서."

임금의 등에 식은땀이 흘렀다.

"주상, 임금은 모름지기 가슴이 얼음처럼 차가워야 합니다."

"예, 명심하겠사옵니다."

임금은 그게 무슨 뜻인지 알았다. 임금은 상왕이 왜 차가운 가슴을 임금의 덕목으로 내세우는지도 알았다. 임금은 아랫배가 깊이 눌리도록 머리를 조아렸다. 임금의 숨소리가 커졌다.

상왕이 숨을 길게 내쉬었다.

"후유…."

"아바마마, 어찌 한숨이시옵니까?"

"주상, 다른 것들이야 내가 도와드리면 될 터인데, 이놈 하나만은 이 아비 맘대로 안 되니, 거참."

"그게 누구인지 말씀해 주시옵소서."

상왕은 찻잔을 톡톡 치며 말을 이었다.

"허허, 이놈은 사람이 아니에요."

상왕이 책상 서랍에서 종이 한 장을 꺼내 보였다. 그것은 닥나무 껍질로 만든 종이돈, 저화였다. 저화는 상왕이 임금 시절 백성들이 널리 사용하도록 유통시켰으나, 백성들은 종이돈을 낯설어했고 쓰기를 꺼려했다. 저화의 가치는 눈에 띄게 떨어지고 있었다. 그렇대도 천하의 상왕이 그깟 종이돈 하나 때문에 고심하고 있었다니, 임금으로서는 그것이 좀 의외라고 느껴졌다.

"아바마마, 소자도 저화 유통에 대해 호조지금의 기획재정부로부터 보고받고 있사옵니다."

"나도 주상이 저화가 널리 쓰이도록 힘쓴다는 걸 지신사임금의 비서실장 원숙을 통해 익히 알고 있어요."

"혹 소자가 잘못하는 게 있으면 지적해 주시옵소서."

"주상은 잘하고 계십니다."

상왕의 칭찬에도 임금의 표정은 밝아지지 않았다. 젊은

임금은 여전히 고개를 숙이고 있었다.

임금은 늦은 밤이 되어서야 수강궁을 빠져나왔다.

임금은 방에 들어오자마자 보료에 벌렁 누웠다. 막힌 숨이 뻥 뚫리는 것 같았다. 임금은 세자로 책봉되었던 열 달 전의 긴박한 상황으로 기억을 더듬어 갔다.

당시 임금이던 상왕이 대신들을 모아 놓고 폐위된 세자 양녕대군 대신 누구를 내세울 것인지 치열한 논쟁을 벌였다. 대전은 긴장감으로 가득 차 있었다. 작은 불씨라도 튀면 금방이라도 거센 불길이 번질 것 같은 위태로운 분위기였다.

우의정이 아뢰었다.

"양녕대군의 아들을 세자로 세우는 게 마땅하다고 생각되옵니다, 전하."

중전 또한 양녕의 맏아들이 세자가 되어야 한다는 의견이었고 그 생각은 완강했다.

"형을 폐하고 아우를 세우는 것은 추후 혼란의 불씨가 될 것입니다."

영의정 유정현을 비롯한 여러 대신은 폐세자의 다섯 살짜리 어린 아들은 마땅하지 않다는 목소리를 냈다.

"모든 일에는 지켜야 할 법도와 도리가 있으니, 어진 이를 고르는 것이 마땅하옵니다, 전하."

상왕은 그 말을 기다렸다는 듯 결론을 내렸다.

"충녕대군은 천성이 총명하고 민첩하고 자못 학문을 좋아하여 몹시 추울 때나 더울 때에도 밤이 새도록 글을 읽으므로, 나는 그가 병이 날까 봐 두려워하여 밤에 글 읽는 것을 금지하였다. 나는 충녕을 세자로 삼겠다."

중전과 우의정을 비롯한 여러 대신들이 통촉해 달라고 고했지만 소용없었다. 세자 논의는 그걸로 끝나 버렸다.

"어진 사람이라…."

젊은 임금의 입에서 혼잣말이 흘러나왔다. 그것은 상왕과 영의정이 세자를 낙점하면서 꺼낸 말이었다. 어질다는 게 무슨 뜻인가. 마음이 너그럽고 착하며 슬기롭고 덕이 높다는 뜻이다. 사실 어진 것으로 따지자면 상왕은 셋째 아들 충녕이 아니라, 둘째 효령대군을 세웠어야 했다. 착하고 어질기로 치자면 효령만 한 아들도 없었으니까 말이다. 하지만 효령에게는 흠이 있었다. 자질이 미약하고 성질이 심히 곧을 뿐 아니라, 무엇보다 술을 한 모금도 못 했다.

임금은 생각의 조각들을 하나둘 맞춰 보았다. 독서를 많이 하거나 어진 것은 아무리 봐도 세자 선택의 결정적 명분은 아닌 듯싶었다. 그렇다면 남은 것은 효령이 입에 대지도 못하는 술뿐이 아닌가. 상왕은 명나라 사신이 왔을 때 임금이 술을 좀 마셔야 주인으로서 손님을 즐겁게 해 줄 수 있다고 보았고, 충녕이 바로 그에 부합하는 인물이었던 것이다.

임금의 입에서 다시 한숨이 나왔다.

"후유⋯."

상왕은 임금은 얼음처럼 차가운 가슴을 지녀야 한다고 했다. 차가운 가슴이 무엇이던가. 그것은 바로 문무 대신들을 호령하고 조선과 만백성을 한길로 이끌 수 있는 강력한 군주인 것이다. 임금은 자신이 여전히 상왕의 성에 차지 못한다는 생각이 들자 고개를 가로저었다.

그때 창덕궁 망새 위에서 부엉이가 울었다.

'부엉 부엉 부엉.'

부엉이 울음소리가 복잡한 임금의 마음을 더욱 어지럽혔다. 그렇잖아도 부엉이 울음소리를 싫어했는데, 오늘은 젊은 임금을 비웃기라도 하듯 대궐에 울려 퍼지고 있었다.

양녕에게 온 편지

말몰이 종이 채찍을 휘둘렀다.

"이랴! 이놈아, 네가 굼벵이더냐, 달팽이더냐."

조랑말이 잰걸음으로 가자, 방울이 딸랑딸랑 바쁘게 소리를 울렸다.

"내가 서둘러 가자고 했지, 달려가자고 했느냐? 이렇게 가면 이 좋은 봄 경치는 어찌 보겠느냐."

"알겠습니다요. 이놈아, 대군마님 말씀 못 들었냐?"

"예예, 송구하옵니다요."

집사의 야단에 말몰이 종이 굽신거리며 말고삐를 잡아당겼다. 조랑말 걸음이 느려지면서 대군의 눈에 화사한 봄 풍광이 들어왔다.

대군은 흔들리는 말안장에서 지그시 눈을 감고 생각에 잠겼다.

'대체 임금이 왜 부른 걸까? 불과 사흘 전 고기에 술에, 비단과 무명까지 곳간을 채워 놓지 않았던가.'

"임금 못 된 것도 억울할 텐데, 광주 땅으로 내쫓아 버리다니."

백성들이 귀엣말로 수군거렸다. 그건 광주 고을에 심심찮게 번져 있는 민심이었다.

"상왕은 대체 뭘 잘하셨다고?"

"쉿! 입조심하시게. 목이 열 개라도 되는가?"

"대군마님이 불쌍해서 그렇지. 대군마님이 무슨 역모죄라도 지었느냐 말일세."

"한양에서는 산해진미를 차려 놓고 풍악 들으며 노셨을 텐데, 이런 시골에 콱 박혀 지내시다니. 상왕이 해도 너무하셨어."

까막눈 백성들이라고 해서 대궐 돌아가는 사정을 모르

지 않았다. 백성들은 상왕이 양녕대군의 소소한 허물 몇 가지로 세자를 폐한 것은 옳지 않다고 여겼다. 더군다나 상왕은 당신의 임금 시절, 대를 이을 아들은 적장자, 즉 본처가 낳은 맏아들이어야 한다는 말을 입에 달고 다니지 않았던가. 그러던 상왕이 어느 날 갑자기 세자 양녕을 폐위하고 셋째 충녕대군으로 세자를 삼더니, 두 달 뒤에는 아예 임금 자리까지 넘겨주었다.

상왕에 대한 원망과 세자에 대한 동정심은 여기저기서 물안개처럼 피어오르고 있었다.

"상왕 변덕이 죽 끓듯 하기 때문이지."

"대궐 안에 두 임금이라니."

"대신들이 참 힘들겠구먼, 두 임금 모시느라."

"우리는 대체 어느 해 아래 있는 거야. 상왕인가, 아니면 젊은 임금이신가?"

충녕대군에게 임금 자리를 내주었지만, 실질적인 왕 노릇은 상왕이 하고 있는 것을 비꼬는 말이었다.

"흠…."

말안장을 잡고 가던 양녕의 입가에 알 듯 모를 듯한 미소가 흘렀다. 비록 시골로 쫓겨난 신세였지만, 양녕은 여전히 걸핏하면 저잣거리에 가서 걸판지게 놀다 왔다. 광주 수

령은 한때 세자였던 대군을 어쩌지 못했다. 그저 양녕이 상왕에게 꾸지람 듣지 않도록 적당히 대궐에 보고하는 수밖에 없었다. 그렇게 돌아가는 배경에는 상왕이 양녕을 여전히 총애하고 있다는 점이 작용하고 있었다.

"허허, 그때가 참 좋았는데…."

양녕의 입에서 혼잣말이 새어 나왔다.

양녕은 세자 시절 평소 들락거리던 담장 아래 개구멍이 막혀 버리자, 담장을 넘어 다녔다. 대나무 사다리를 걸쳐 놓고 그 높은 대궐 담장을 오르락내리락한 것이다. 사다리를 얼마나 자주 썼으면 대나무 칸칸이 반질반질해지고 대나무를 묶은 노끈도 너덜너덜해졌다. 한번은 양녕이 사다리를 딛고 올라가다가 땅바닥에 떨어지는 사고가 나서 어디에 하소연도 못 한 채 방에 불을 때고 몇 날 며칠 허리를 지져야 했다. 그렇잖아도 하기 싫어하던 시강원_{왕세자의 교육 기관} 공부는 병을 핑계로 중단되었고, 영문을 모르는 부왕은 양녕의 병세를 살피라며 어의를 보냈다.

양녕이 키우던 매가 사라져서 대궐이 발칵 뒤집힌 일도 있었다. 매를 찾아오라는 양녕의 명이 떨어지자 내관들은 물론, 매사냥과 사육을 담당하는 관청인 응방 관원들까지 팔을 걷어붙이고 나섰지만, 매는 연기처럼 감쪽같이 사라져 버렸다. 하루라도 매를 보지 않으면 견디지 못하는 양녕이었으니, 시강원의 사부들은 제자의 결석을 또 눈감아 주어야 했다. 매 소동 보고를 들은 부왕도 모른 체했다. 부왕자신도 똑같이 매를 좋아했으니, 매를 잃어버린 양녕의 허탈한 심정을 이해하고도 남았던 것이다.

"세자 저하, 매를 찾았사옵니다!"

사흘 만에 돌아온 매는 창덕궁 망새 위에 앉아 사방을 두리번거리고 있었다. 내관과 관원들이 매를 불렀지만 매가 사람 말을 알아들을 리 없었다. 모두 지붕만 바라보며 발만 구르고 있을 때 양녕이 나타나 휘파람을 불었다.

"휫휫휘 호이호이 휫휫휘 호이호이."

휘파람 소리는 이상하고 신기했다. 사람이 내는 소리 같지 않았다. 잠시 후 매가 반응을 보이기 시작했다. 연신 고개를 돌리며 두리번거리던 매가 양녕을 뚫어지게 보더니, 슬그머니 날갯죽지를 치켜올렸다. 곧 매가 망새를 박차고 올랐다. 매는 창덕궁 하늘을 유유히 날더니, 이내 양녕의 손등에 사뿐히 내려앉았다.

"와!"

내관과 관원들이 탄성을 질렀다. 다른 이들이 그토록 애타게 불러도 꼼짝 않던 매가 양녕을 보더니 마치 아비한테 안기듯 날아와 앉은 것이다.

"매가 세자 저하를 알아보는구면."

"세자 저하는 장차 새들의 왕도 겸하셔야겠어."

모두들 양녕의 놀라운 재주에 입을 다물지 못했다.

'딸랑 딸랑!'

이런저런 생각에 잠겼던 양녕은 조랑말이 움푹 팬 곳을 헛디디면서 정신이 번쩍 들었다. 양녕은 눈을 크게 떠 보았다. 조랑말은 어느새 가파른 고개를 내려가고 있었다.

조랑말이 당산나무 옆을 지날 때였다. 웬 농부 하나가 지게를 지고 걸어오고 있었다. 농부 뒤로는 피죽도 먹지 못한 것 같은 어린아이 셋이 따르고 있었다. 지게꾼은 얼빠진 사람처럼 땅바닥만 내려다보며 걸었고 아이들은 훌쩍거리고 있었다.

양녕이 집사에게 물었다.

"저자가 지게에 지고 오는 게 무엇이냐?"

집사가 지게꾼에게 달려가 물었다.

"제 마누라입니다요."

사람이라는 농부의 말에 집사는 순간 역병이라도 떠오른 듯 손으로 입을 가렸다.

"왜 지고 가는 것이냐?"

"흉년 보릿고개에 제대로 먹지도 못한 데다가 병까지 얻

어 시름시름 앓더니 그만 황천길로 떠났습니다요."

"그거 안되었구나. 그런데 어디로 가는 것이냐?"

"저기 모퉁이를 돌면 공동묘지가 있습니다요. 저희처럼 없는 것들은 그냥 땅 파서 시신을 묻어 버립니다요."

말안장에 앉아 이야기를 듣던 양녕이 혀를 찼다. 양녕이 집사에게 손짓하자, 눈치 빠른 집사가 종이 한 장을 꺼내 농부에게 건네주었다.

"이게 무엇입니까요?"

"저화이니라."

"저화라고요?"

지게꾼이 저화를 손에 쥔 채 고개를 갸웃거렸다.

"허허, 종이돈 아니더냐. 이걸로 쌀 좀 바꾸어 먹을 수 있을 거다."

"어디서 들은 적은 있습니다만, 이 종이쪽으로 정말 쌀을 바꿀 수 있습니까?"

"이놈이 뉘 앞이라고 따지려 드느냐?"

"죄송합니다요."

"대군마님께 인사 올리거라."

"대군마님, 감사합니다요."

농부가 머리를 조아리면서 아이들에게도 눈치를 주었다. 아이들도 허리 굽혀 절을 올렸다.

"저 느티나무 아래서 잠시 쉬었다 가자꾸나."

"예, 대군마님."

양녕이 말에서 내리는 동안 집사는 비단 보자기를 훌훌 털어 바닥에 깔았다. 대군은 헛기침을 한 번 하고는 자리에 앉았다. 집사가 말안장에 걸어 두었던 호로병을 꺼내 대군에게 건네주었다. 대군은 벌컥벌컥 물을 들이켰다.

"커, 이제야 살 것 같구나."

대군은 이번에는 숨을 한 번 크게 들이켜고는 품에서 서찰 한 장을 꺼냈다. 사흘 전 술과 고기를 가지고 왔던 대전 내관 김선무가 엊저녁 늦게 서찰을 가지고 또 온 것이었다. 대군은 찬찬히 눈을 옮겨 서찰을 보았다.

형님, 대궐에 한번 와 주시지요.

양녕은 몇 번이나 서찰을 들여다보았다. 그건 분명 충녕, 아니 임금의 서체였다. 양녕은 세자 시절부터 임금의 글을 잘 알고 있었다. 서체는 반듯하고 군더더기 하나 없는 깍쟁이 문장이었다.

'대체 왜?'

양녕의 머리에 의문이 겉돌았다. 임금이 양녕에게 서찰을 보낼 까닭이 무엇인지 짐작이 가지 않았다. 양녕의 세자 시절에도 둘 사이는 그리 좋지도, 나쁘지도 않았다. 이따금 시강원 공부를 빼먹고 담을 넘어 저잣거리에 다녀왔을 때 상왕에게 들킨 것을 두고 충녕을 의심했지만 그것도 거기까지였다. 설령 충녕이 고자질한 것이라 하더라도 크게 괘념치 않았을 것이다. 충녕이 그리했다면 다른 뜻이 있어서가 아니라, 워낙 성품이 강직한 탓이라고 생각했을 것이다.

세자 시절 양녕은 당시 임금이었던 상왕에게 충녕을 칭찬한 적도 있었다.

"아우 충녕이 참으로 현명하옵니다, 아바마마."

양녕의 진심이었다. 충녕은 누가 보아도 똑똑했다.

"대군마님, 이를수록 좋을 듯싶사옵니다."

김선무가 넌지시 던진 말이 양녕의 귓전을 간질였다. 양녕은 물 한 모금을 더 들이켜고는 느티나무에 기대었다. 머릿속에 여러 생각이 엇갈리다가 적어도 한 가지는 정리가 되었다. 임금은 지금 누구에게도 말 못 할 고민이 있는 게 분명했다.

그때 소나무 숲에서 비둘기 울음소리가 들려왔다.

'구구구구 구구구구.'

"아차, 비둘기!"

양녕은 자리에서 벌떡 일어나 집사에게 명했다.

"어서 길을 떠나자꾸나."

점심 무렵 대궐에 도착한 양녕은 곧바로 수강궁으로 가서 상왕에게 문안을 드렸다. 양녕을 불렀다는 임금의 보고를 받고부터 상왕은 이제나저제나 양녕이 오기만을 기다리고 있었다. 사실 그때까지 상왕 말고 양녕을 대궐로 불러들인 사람은 없었다. 그런데 정작 상왕은 임금이 양녕을 불러올린 까닭에는 관심이 없었다.

"상왕 전하, 양녕대군이 왔사옵니다."

내관이 아뢰자, 상왕 얼굴에 화색이 돌았다.

"양녕이 왔구나. 어서 오너라."

"아바마마, 그간 강녕하셨사옵니까?"

양녕이 큰절을 올리려고 하자 상왕은 손사래를 쳤다.

"됐다. 큰절은 무슨."

상왕은 양녕의 손을 덥석 잡았다.

"숙아, 모처럼 양녕이 왔으니 내일 주상하고 동교_{지금의 서울 동부 지역}에 가자."

"차질 없이 준비하겠사옵니다, 상왕 전하."

상왕은 양녕을 보자 계획에도 없던 매사냥을 가자며 지신사 원숙에게 명을 내렸다. 원숙은 응방 관리들을 급히 불러 매사냥 준비를 시키고 동교에도 연통을 띄웠다.

매사냥

한양에서 멀지 않은 동교의 사냥터가 아침부터 사람들
로 북적였다. 언덕 위에는 오색 깃발이 나부꼈고, 내금위
군사들은 상왕과 임금이 있는 차일 둘레를 삼엄하게 경계
하고 있었다. 군사들의 창은 어찌나 잘 닦았는지 눈부시게
번쩍거렸고 창끝은 날카로워 바람도 베일 것 같았다.

차일 중앙에 상왕과 임금이 자리를 잡았고, 그 뒤로 양
녕대군과 여러 대신들 모습이 보였다.

'뿌 우 뿌 우 뿌 우.'

나팔 소리가 울리자 상왕이 일어섰다. 상왕이 차일 앞으로 나아가 목을 다듬고 매사냥의 의미를 알렸다.

"듣거라! 오늘 갑작스러운 매사냥으로 너희가 수고롭겠으나, 이것은 사사로이는 사냥에 불과해도 이 나라의 기상을 보이는 군사 훈련과 다르지 않다. 각자 맡은 위치에서 최선을 다하도록 하라."

언덕 아래 줄지어 선 군사들이 큰 소리로 외쳤다.

"상왕 전하 만세! 상왕 전하 만세! 상왕 전하 만세!"

어젯밤 늦게 궁궐에서 소집령을 받고 급히 나온 백성들은 아침 일찍 관아에서 끓여 준 장국 한 사발에 밥을 말아 먹고 사냥터로 왔다. 사냥터에서 몰이 몇 번 하고 밥에, 떡에 배 두드려 가며 실컷 먹을 수 있어서 몰이꾼으로 호출받는 건 늘 반겼다.

원숙이 상왕에게 머리를 조아리며 여쭈었다.

"상왕 전하, 오늘 매꾼은 누가 좋겠사옵니까?"

"마침 양녕이 와 있으니 한번 맡겨 보기로 하세."

원숙이 양녕에게 다가가 청했다.

"대군마님, 오늘 매사냥의 진수를 보여 주시기 바랍니다."

어느새 응방 관리가 매를 들고 차일 앞으로 왔다. 양녕은 상왕에게 절하고는 매를 넘겨받아 높이 쳐들었다. 매의 꽁지깃에 붙은 시치미 방울에서 딸랑거리는 소리가 울렸다. 양녕은 천천히 좌우를 둘러보았다.

양녕이 손짓하자 몰이꾼 두목이 와서 머리를 조아렸다. 양녕은 수백 명의 몰이꾼을 두 패로 나누어 한 패는 왼편, 다른 한 패는 오른편 깊숙이 내보냈다. 동교의 몰이꾼들은 양녕이 세자 시절부터 자주 만났기 때문에 호흡이 척척 들어맞았다. 그들은 겉으로 보아서는 일개 몰이꾼이었지만, 사냥할 때는 군사들처럼 일사불란하게 움직였다. 잠시 정적이 깔렸다. 양녕의 신호를 기다리느라 모두 숨이 멎었다.

마침내 양녕이 매를 높이 쳐들고 신호를 보냈다. 언덕에 있던 군사가 대형 깃발을 좌우로 흔들었다.

멀리 왼편에 숨어 있던 몰이꾼들이 꽹과리를 치고 소리를 지르며 달려 나왔다.

"우와와와와!"

하지만 개미 새끼 한 마리 나오지 않았다. 양녕이 다시 신호를 보냈다. 이번에는 오른편에 있던 몰이꾼들이 뛰쳐나왔다. 사냥감은 아무것도 나오지 않았다. 상왕과 신하들 얼굴에 실망한 빛이 역력했다. 하지만 매를 들고 있던 양녕은 흐트러짐이 없었다. 그의 눈은 마치 매처럼 매섭게 빛나고 있었다. 그건 망나니짓을 일삼던 모습이 아니었다. 전장

에 나간 용맹한 장수의 모습 그 자체였다. 몸에서 광채가 나는 것 같았다.

"흐음."

그 광경을 지켜보던 상왕은 자신도 모르게 주먹을 움켜쥐었다. 상왕의 시선은 매사냥을 주도하는 양녕의 얼굴에 꽂혀 있었다.

임금의 입에서 탄식이 새어 나왔다.

"허."

임금의 시선은 바로 옆 상왕의 얼굴에 가 있었다.

그때였다. 꿩 한 마리가 풀숲에서 솟아올랐다.

"장끼다!"

몰이꾼들이 소리를 질렀다. 그 순간 사람들 시선이 다시 양녕에게로 쏠렸다. 양녕은 미동조차 하지 않았다. 꿩이 날아가는 쪽으로 눈동자만 따라가고 있었다. 모두 손에 땀을 쥐었다.

양녕이 매를 놓았다.

"매 나간다!"

매는 양녕의 손을 박차고 날아올랐다. 시치미 방울이 거칠게 딸랑거렸다. 매는 힘차게 날갯짓하며 장끼가 날아가는 쪽으로 향했다. 매는 커다란 날개를 활짝 폈다, 오므렸다 하며 나뭇가지 사이로 미끄러지듯 날아갔다. 신기하게도 꿩이 날아가는 방향의 길목을 정확하게 찾아가고 있었다. 잠시 후 매는 공중에서 장끼를 덮쳤다. 매는 날카로운 발톱을 장끼의 가슴에 내리찍었다. 장끼의 깃털이 공중으로 흩날렸다. 응방 관원들이 매가 내린 곳으로 달려갔다. 장끼는 버둥거리고 있었고 매는 날카로운 부리로 장끼의 깃을 뜯어내고 있었다. 관원이 생닭 다리 하나를 내밀고는 매를 잽싸게 장갑으로 옮겼다. 그리고 언덕 위를 향해 상황이 끝났다는 신호를 보냈다.

양녕이 몸을 돌려 상왕과 임금에게 고개 숙여 인사했다. 상왕이 양녕에게 다가가서 두 손을 덥석 잡았다.

"매사냥은 역시 양녕이로구나."

악공들이 풍악을 울렸다. 꽃단장한 관기들이 꿩 사냥을 축하하는 노랫가락을 흥겹게 뽑아냈다.

"얼씨구 좋다, 지화자 좋다. 장끼가 잡혔네."

상왕은 바로 옆에 임금이 있다는 것에 아랑곳하지 않고 좌의정에게 물었다.

"어떻습니까, 양녕의 매사냥 실력이?"

"상왕 전하, 무릇 매꾼은 조급함을 버려야 하는데, 오늘 대군의 기다림은 적진에 들어가 십만 화살을 얻은 제갈공명에 견줄 만했사옵니다."

좌의정은 《삼국지》 '적벽대전'에 나오는 대목을 이야기한 것이었다. 제갈공명은 오나라 주유에게 사흘 안에 십만 개의 화살을 구해 오겠다며 호언장담했다. 이틀이 지나도록 꼼짝 않던 그는 사흘째 되던 날, 짙은 안개를 틈타 장막을 둘러친 배를 몰고 적진 깊숙이 들어갔다. 놀란 적군은 사정없이 활을 쐈지만, 화살은 고스란히 공명의 배를 둘러친 장막에 내리꽂혔다. 적군은 안개 때문에 공명의 배를 쫓을 수 없었고, 공명은 피 한 방울 흘리지 않고 십만 개의 화살을 싣고 무사히 돌아올 수 있었다. 공명은 안개와 적의 화살이 날아올 것을 모두 예상하고 때를 기다린 것이다. 양녕에 대한 좌의정의 칭찬은 바로 그 공명의 인내심에 닿아 있었다.

"칭찬이 좀 지나치외다, 허허허."

상왕은 겉으로는 좌의정의 말이 지나치다고 했지만, 속내는 양녕에 대한 칭찬이 은근히 듣기 좋았다.

"세자가 오늘 대단합니다."

상왕은 심지어 양녕을 세자라고 말하는 실수까지 범했다. 충녕이 임금에 오르고 해가 바뀌었는데도, 상왕의 말실수가 나온 것이다. 옆에 있던 병조판서가 난감해하는 표정을 짓는 것을 보고서야 상왕은 겸연쩍다는 듯 헛기침을 했다. 양녕도 어찌할 바를 몰라 고개를 돌려 먼 산을 바라보았다. 임금은 싱거운 미소를 지으며 고개를 끄덕였다.

몇 차례의 매사냥으로 꿩은 물론, 노루와 토끼도 잡는 성과를 올렸다. 상왕은 사냥으로 잡은 짐승들은 종묘로 보내라 하고, 군사들은 물론 몰이꾼들에게도 푸짐하게 먹을거리를 풀라 했다. 백성들은 장국과 고기를 어찌나 배부르게 먹었는지 서로서로 불룩 나온 배를 내밀어 보이며 즐거워했다.

형제

"형님, 어찌 그리도 매를 잘 다루십니까?"

상왕이 대신들과 함께 경기 감사가 가져온 과일을 먹으며 이야기를 나누고 있을 때, 임금은 버드나무 그늘로 양녕을 불러 매사냥 성과를 한껏 추켜세웠다.

"전하, 그게 뭐 대단한 것이라고요."

"아닙니다. 오늘같이 멋진 매사냥은 처음 보았는걸요."

"전하께서도 아바마마와 매사냥을 자주 하셔서, 그간

훌륭한 매꾼을 많이 보셨을 텐데요.”

“그렇지 않습니다. 형님의 매사냥 실력은 조선 최고일 겁니다.”

“전하께서 그리 좋게 봐 주시니, 소인이 어찌할 바를 모르겠습니다.”

양녕은 겸손했다. 매를 날려 꿩을 낚아챘을 때의 그 의기양양한 모습은 찾아볼 수가 없었다.

양녕은 임금에게 자세를 더욱 낮추었다.

“참, 전하께서 보내 주신 고기와 술은 잘 먹고 있습니다. 성은이⋯.”

임금은 손을 들어 양녕의 말을 막았다. 제아무리 임금이어도 왕이 되었어야 할 형에게 성은이 망극하다는 말까지 듣고 싶지는 않았다.

“형님, 그간 얼마나 마음고생이 심했습니까?”

“하하, 그게 무슨 고생이겠습니까?”

양녕은 짐짓 놀라지 않을 수 없었다. 임금이 자신의 상황을 입에 올리는 건 전혀 예상하지 못한 일이었다. 양녕은 임금이 언제나 과묵하고 자신의 속내를 여간해서는 드러내지 않는다는 것을 잘 알고 있었다.

“전하, 그런데 어인 일로 입궐하라는 서찰을 보내셨습니까? 혹시 하실 말씀이라도?”

임금은 대답 대신 잠시 입을 오물거렸다.

"형님, 이 나라 조선을 이끌어 가기엔 제가 많이 모자랍니다. 여러모로 저를 좀 도와주세요."

양녕은 자신의 귀를 의심했다. 임금의 말이 단순한 겸손으로 보이지 않았기 때문이었다.

양녕은 당황스러웠다. 대체 어떻게 대꾸를 해야 할지 판단이 서지 않았다. 그저 몸을 낮추며 임금의 속내를 살펴보는 수밖에 없었다.

"소인이 뭘 잘하는 게 있어야지요. 저야 매사냥이나 하고 개 좋아하는 것밖에 또 무슨 재주가 있겠습니까?"

"형님, 아바마마께서 제 뒤에 계시지 않았다면 조선이 이리 안정되었겠습니까?"

양녕은 임금의 말을 단 한 마디도 놓치지 않았다. 대화가 이어질수록 양녕은 임금의 말에 솔직한 심정이 담겨 있다는 것을 느낄 수 있었다.

"형님, 이 나라 조선을 위해 한 말씀 해 주세요."

"어찌 제가…."

"그리고 저와 단둘이 있을 때는 아우라고 불러 주세요."

"전하, 그런 말씀은 거두어 주십시오."

"진심입니다, 형님."

"맨날 대궐 담장이나 넘어 다닌 제가 뭘 알겠습니까?"

양녕은 끝내 임금의 청을 거절하지 못했다.

"전하, 제가 두 가지만큼은 명심한 게 있습니다."

"그게 무엇입니까, 형님? 어서 말씀해 주세요."

임금은 우물에서 숭늉이라도 찾는 듯 조급했다. 양녕이 처음 보는 모습이었다.

"정작 나라를 위해 힘쓰는 자들은 사대부가 아니라는 것입니다. 아바마마께서 귀하고 천함을 따지지 않고 사람을 쓰는 까닭도 바로 거기 있다고 생각합니다."

"대궐을 지은 천수 같은 사람을 두고 하시는 말씀이로군요."

"그렇습니다. 박천수는 한낱 천한 노비 출신이었습니다. 아바마마는 늘 백성이 우선이시죠."

임금은 양녕에게 더욱 예의를 갖추어 물었다.

"명심하겠습니다, 형님. 두 번째는 무엇입니까?"

양녕은 잠시 눈을 감았다 뜨고는 입을 열었다.

"아바마마께서 군사에 관한 한 한 치의 빈틈이 없다는 건 잘 알고 계실 겁니다, 전하."

"그건 저도 잘 알고 있습니다. 아바마마께서 병권을 잡아 주시니 조선이 태평성대를 누리고 있는 거지요."

임금은 양녕의 말에 대꾸하면서 속으로는 놀라지 않을 수 없었다. 양녕이 군사에 관한 일까지 입에 올릴 것이라고는 상상을 못 했기 때문이었다.

"전하, 아바마마께서는 어쩌면…."

양녕이 잠시 말을 머뭇거렸다.

임금이 재촉했다.

"아바마마께서 어쩌면 뭘 하신다는 말씀인가요?"

"전하, 이건 순전히 소인 생각입니다. 제가 세자 시절 왜놈들이 경상도, 전라도에서 노략질했다는 보고를 받을 때마다 아바마마는 불같이 화를 내셨습니다. 언젠가 한번 된맛을 보여 주어야겠다고 말씀하신 적도 있었지요."

"그런 일이 있었군요. 그 뒤에는 아무 말씀도 안 하셨나요?"

"전하, 아바마마의 성정을 잘 아시잖습니까?"

"좀 더 구체적으로 말씀해 주세요, 형님."

"한번 결단을 내리시면 아주 치밀하게 준비하시는 거 있잖습니까."

"저는 아직 아무것도… 한 말씀 더 해 주세요."

양녕은 무엇인가 말을 할 듯 말 듯 다듬고 아꼈다.

"그간 박천수가 파직되었다고 들었습니다."

"예, 인정전 밖의 행랑을 지을 때 감독을 제대로 못 해 아바마마께서 파직시켰습니다."

"전하, 아바마마께서 천수를 얼마나 아끼시는지 잘 알고 계시지요?"

"그게 무슨 말씀인가요?"

"전하, 두루두루 잘 살펴보시옵소서."

말을 아끼긴 했지만, 양녕은 박천수의 파직에 마치 숨은 뜻이 있는 것처럼 말했다. 광주로 쫓겨나 있으면서도 대궐 돌아가는 판세를 손바닥 보듯 읽고 있는 것 같아 임금은 조금 섬뜩했다.

양녕이 말머리를 바꾸었다.

"전하, 이제 제게 서찰을 보낸 진짜 까닭을 말씀해 주세요."

"네, 사실은…."

임금이 잠시 머뭇거렸다.

"궁금한 게 있어서요. 형님이 머무시던 동궁에 있던…."

양녕은 마치 기다렸다는 듯 말을 받았다.

"혹시 비둘기 말씀입니까?"

양녕은 반갑고도 한편으로는 놀라웠다. 임금의 관심이 동궁 비둘기에까지 미쳤다는 건 예상 밖의 일이었다.

"하얀 비둘기 한 마리가 왔다 갔다 하길래, 내관 박주경한테 물으니 형님이 키우시던 비둘기라 하더군요."

"아, 주경이 잘 키우고 있던가요? 그런데 비둘기 얘기는 왜 갑자기 꺼내십니까?"

"박 내관한테 비둘기 얘기를 듣고 놀랐습니다."

"전하, 무엇을 말씀하시는 것이옵니까?"

양녕은 임금이 말하는 게 무엇인지 눈치챘으나 일부러 시치미를 떼었다.

"비둘기 그 녀석이 새장을 나갔다가는 다시 들어온다고 하더군요."

새에 관해 아는 바가 없는 임금이 비둘기의 재주를 알아차린 것이었다.

"그런 희귀한 비둘기를 대체 어디서 구하신 겁니까, 형님?"

"전하께서 하찮은 새 한 마리에 그리 관심을 가지시다니요, 하하."

"어서 말씀해 주세요, 형님."

"어명이니 털어놓겠사옵니다, 전하."

대궐 밖을 나섰던 양녕은 어느 날 저잣거리에서 행색이 남다른 자들을 만났다. 그들은 멀리 아라비아에서 장사하러 온 회회인이었다. 그들은 성격이 좋아 양녕과 금세 친해졌다. 처음에는 머지않아 조선의 임금이 될 세자라는 말을 믿지 않는데, 어느 날 당상관 벼슬아치 서넛이 세자를 보자마자 넙죽 엎드려 절하는 것을 보고 눈이 휘둥그레졌다. 그때부터 회회인들은 양녕을 왕으로 대했고, 자신들이 아끼는 것을 예물로 바치기도 했다. 그중 하나가 바로 비둘기였다. 양녕은 폐세자가 되어 대궐을 나갈 때 비둘기를 데려가려 했으나, 대궐 안의 짐승을 함부로 내갈 수 없어서 그만 포기하고 말았다.

"그렇게 된 일이군요."

"전하, 솔직히 말하자면 그간 대궐 담을 넘어 다닌 건 비둘기 때문이기도 했습니다."

양녕이 세자 시절 그저 악공 패거리와 놀기 위해 대궐 담을 넘은 게 아니라니, 임금의 귀가 저절로 솔깃해졌다.

"그게 무슨 말씀입니까?"

"전하, 집 나간 비둘기가 꼭 다시 제집을 찾아온다는 사실이 놀랍지 않사옵니까? 사실은 지금 궁궐에 있는 비둘기보다 훨씬 뛰어난 놈이 있다길래 제가 회회인에게 은 열 냥을 쥐어 주고 구해 달라고 부탁했습니다."

"그게 정말입니까? 그래서 어찌 되었나요?"

"회회인이 명나라에 갔다가 돌아오지 않았을까 싶습니다."

임금의 마음은 더욱 조급해지고 있었다.

"그자가 누구입니까? 어디로 돌아오나요?"

"하함이라는 자이온데 주로 개성상인들과 거래한다고 했습니다. 비둘기를 구해 오면 대궐로 기별 넣기로 약속했습니다."

"오, 그래요. 꼭 만났으면 좋겠습니다. 형님, 앞으로 자주 뵈어요. 저도 형님을 힘껏 돕겠습니다."

"광주 땅만 벗어나면 좋으련만. 아, 아닙니다, 전하. 그건 아바마마 엄명이시니…."

양녕은 갑갑한 광주 땅에 묶여 있는 것만큼 괴로운 게 없었다. 하지만 상왕의 명이니, 임금에게 말해 보았자 해결될 리 없는 문제였다.

"아 참, 내일 돌팔매질 군사 선발이 있는데, 함께 가시겠습니까?"

"기꺼이 가겠습니다, 하하."

임금은 양녕의 손을 덥석 잡았다. 양녕은 고개 숙여 임금에게 감사 표시를 했다. 앞으로 무엇을, 어떻게 도와야 할지 모르겠지만, 양녕으로서는 오늘 소득이 컸다. 그것은 바로 주상이 자신의 진짜 속내를 드러내 보인 일이었다. 임금이 지금 당장 자신을 풀어 줄 수는 없어도, 이 나라의 지존이니 양녕으로서는 든든한 뒷배를 확보한 셈이었다.

임금에게도 소득이 있었다. 양녕은 놀랍게도 상왕의 속을 들여다보고 있는 것 같았다. 양녕은 매사냥과 개나 좋아하는 사람이 아니었다. 글씨나 쓰고 풍류나 즐기는 사람이 아니었다. 양녕은 비둘기로 무엇을 할 수 있을지 말을 아꼈으나, 먼 장래를 내다보고 있는 것이 틀림없었다.

돌팔매질 군사

한강 두모포지금의 서울 옥수동 한강변에 백성들이 모여들었다. 군사들은 물론, 건장한 장정들과 남녀노소 구경꾼들까지 몰려와서 백사장이 한양의 저잣거리처럼 북적거렸다. 이번 돌팔매질 군사 선발은 여느 시험과 달랐다. 임금이 공상천예, 즉 천한 일 하는 백성들도 가리지 않고 선발하고, 뽑힌 자에게는 세금도 면제하는 특혜를 주기로 한 것이다. 양반 자제가 뽑히면 벼슬도 얻을 수 있었다.

'뿌우 뿌우 뿌우.'

임금의 어가가 백사장에 들어오자 나팔 소리가 힘차게 울렸다. 임금이 어가에서 내려 차일에 들어섰고 양녕대군과 대신들이 뒤따랐다. 임금이 차일 앞으로 나왔다.

"돌팔매질 군은 태상왕_{태조}께서 운영하셨다가 그간 중단된 것을 과인이 상왕께 다시 청했도다. 오늘 과인은 그저 참관만 할 뿐이니, 부디 뛰어난 인재를 엄격하게 뽑도록 하라."

응시자들이 백사장에 줄을 지었다. 첫 번째 시험은 과녁 맞히기였다. 과녁은 사십 보 거리에 있었고 과녁 한가운데는 붉은색이 칠해져 있었다. 다섯 개의 돌을 던져 과녁 한가운데를 정확히 맞히는 시험이었다.

응시자들이 과녁을 향해 돌을 던졌다. 과녁에 맞은 돌은 텅텅 소리를 내며 튕겨 나갔다. 다섯 개의 돌 중에 많아야 셋, 대개는 한 개나 두 개 정도 한가운데에 맞았고 모두 빗나가는 경우도 적지 않았다. 과녁 한가운데에 정확히 돌이 맞으면 응시자들과 구경꾼들 사이에서 탄성이 터져 나왔다.

이백 명 넘는 응시자들이 과녁 맞히기 시험을 마쳤고 서너 명 남았을 무렵, 시험장 입구에서 소란이 벌어졌다.

꾀죄죄한 옷차림을 한, 키가 육 척은 되어 보이는 건장한 사내가 두 손을 싹싹 비비며 사정했다.

"나리, 제발 시험장에 들어가게 해 주세요."

차림새로 봐서 여느 집 종노릇이나 하며 사는 자가 분명했다.

관원이 소리쳤다.

"이리 늦게 와서 무슨 시험을 보겠다는 것이냐!"

임금이 내관에게 물었다.

"웬 소란이냐?"

내관이 손을 흔들어 보이자 관원이 달려와 아뢰었다.

"늦게 와서 돌려보내려고 하는데, 저놈이 말을 들어 먹지 않사옵니다."

그때 양녕대군이 손으로 햇볕을 가리고 그자를 뚫어지게 쳐다보더니 고개를 끄덕였다.

"전하, 아주 비범한 자 같사옵니다."

"그렇습니까? 여봐라, 저자를 이리 데려오도록 하라."

임금의 명이 떨어지자, 관원이 허겁지겁 달려가서 사내를 데려왔다.

"이놈아, 어서 무릎을 꿇어라."

"이자가 무슨 죽을죄라도 지었더냐?"

임금의 핀잔을 들은 관원이 되레 무릎을 꿇고 엎드렸다.

"전하, 소인을 벌하여 주시옵소서."

사내의 바지저고리는 온통 땀에 젖어 있었고 까무잡잡한 얼굴에는 피곤한 기색이 역력했다. 하지만 몸은 남달랐다. 딱 벌어진 어깨는 웬만한 어른의 갑절은 되었으며, 시커먼 손은 솥뚜껑만 했다. 좀체 보기 어려운 거구 중의 거구였다.

임금이 물었다.

"너는 어디서 온 누구냐?"

"소인은 충주에서 온 갑돌이라 하옵니다."

"출신이 어찌 되느냐?"

"예, 종노릇을 하고 있사옵니다."

"왜 늦었느냐?"

"돌팔매질 군사를 뽑는다는 소문을 뒤늦게 들었사온데, 집에 할 일이 많아 어제저녁까지 일을 마치고 밤새 달려왔사옵니다. 그런데 너무 멀어서…."

"이런! 저자에게 우선 물과 먹을 것을 주도록 하라."

내관이 대답했다.

"예."

"과녁 맞히기는 모두 끝났는가?"

"막 끝났사옵니다, 주상 전하."

"형님, 이자를 어찌하는 게 좋겠습니까?"

"시험장에 늦었으니, 그에 합당한 벌을 주면 되지 않겠습니까."

"음, 그렇다면 돌 하나를 빼서 네 개만 던지라고 하면 좀 공평할까요?"

"전하, 좋은 생각입니다."

"이자가 시험을 볼 수 있게 하되, 돌은 네 개만 던지도록 하라."

"명 받들겠사옵니다, 전하."

병조 관원이 갑돌이를 데리고 가서 사대(射臺)에 세웠다.

여기저기 구경꾼들 입에서 구시렁거리는 소리가 들렸다.

"세상 참 좋아졌네. 하찮은 종놈이 나라님 대접까지 받으니."

양반들은 임금의 조치가 지나치다며 수군거렸다.

"말 한 필 값도 안 되는 노비한테 저렇게까지 해 줘야 할까?"

급히 오느라 돌멩이도 준비하지 못한 갑돌이가 서둘러 바닥에서 주먹만 한 돌을 주워 들었다. 곧 시험관의 신호가 떨어졌다.

갑돌이가 첫 번째 돌을 던졌다.

'슈웅.'

돌멩이는 바람을 가르며 날아가서 과녁 한가운데를 정확히 맞히고 바닥에 떨어졌다.

"명중이요!"

임금이 특별히 시험을 보도록 허락했으니, 응시자들이나 구경꾼들 관심이 여간 큰 게 아니었다. 모두 침을 꼴깍 삼키면서 갑돌이한테서 눈을 떼지 못했다. 갑돌이가 두 번째 돌을 던졌다.

"명중이요."

"와!"

갑돌이는 세 번째 돌도 정확히 과녁에 맞혔다. 이제 남은 돌은 하나뿐이었다. 구경꾼들은 서로 앞에서 보겠다고 몸싸움을 하며 난리였다. 세 개가 연거푸 명중되자 임금과 양녕대군, 대신들도 전부 일어섰다.

마지막 돌이 갑돌이 손에서 떠났다.

'슈웅.'

돌은 과녁 한가운데로 날아갔다.

'퍽!'

그리고 과녁 정중앙을 정확히 맞혔다.

구경꾼들이 함성을 지르며 박수 쳤다.

"우아!"

"저 종놈 대단하네."

바로 그때였다. 과녁 뒤에서 깃발을 흔들던 관원이 사대로 달려왔다.

"과녁 판자가 뚫렸사옵니다."

관원의 보고를 받은 병조참판이 임금에게 아뢰었다.

"전하, 저자가 던진 돌이 과녁 판자를 관통했다 하옵니다."

"뭐라고요? 저 두꺼운 판자를 뚫었다고요?"

"그렇사옵니다."

"허, 정말 놀라운 일이로고."

"전하, 다음 시험은 멀리 던지기이옵니다."

"좋아요. 어서 시작해 보세요."

나팔 소리가 울리면서 참가자들이 한 줄로 섰다. 이번에는 어른 주먹만 한 돌을 던져 어깨의 힘을 보는 시험이었다. 응시자들이 던진 돌이 백사장에 떨어지면 시험관들이 큰 소리로 외쳤다.

"삼십 보요!"

"오십 보요!"

"사십 보요!"

멀리 던지기 시험에서는 대부분 삼십 보에서 육십 보 정도 던졌고 누구도 그 이상은 던지지 못했다. 드디어 갑돌이가 사대에 섰다. 구경꾼들이 다시 몰려들었다.

'슝!'

갑돌이가 던진 돌이 하늘로 솟아올랐다. 돌이 어찌나

빠르게 날아가는지 바람이 비명을 지르는 것 같았다. 그때였다.

'꽥!'

외마디 비명과 함께 크고 시커먼 새가 백사장에 떨어졌다. 두물머리 쪽에서 한강 하류로 무리 지어 날아가던 가마우지였다. 가마우지 한 마리가 갑돌이가 던진 돌에 맞고 떨어진 것이다. 백사장에 떨어진 가마우지는 어른 손바닥만 한 붕어 한 마리를 토하고 그 자리에서 죽어 버렸다.

놀라운 일은 또 있었다. 돌을 맞고 떨어진 거리가 무려 칠십 보나 되었다.

갑돌이는 두 시험에서 모두 최고점을 받아 임금 앞으로 왔다. 갑돌이는 허리를 숙여 큰절을 올렸다.

양녕이 임금에게 청했다.

"전하, 저자에게 창을 한번 던져 보도록 하면 어떨까 싶습니다."

"그거 좋습니다. 갑돌이에게 창을 줘 보거라."

갑돌이가 사대에 올라서서 기다란 창을 건네받았다. 창은 묵직하고 송곳처럼 창끝이 날카로웠다.

'슈우웅.'

바람 가르는 소리와 함께 창이 포물선을 그리며 과녁 너머로 날아갔다. 어찌나 멀리 날아갔는지 시야에서 사라져 버렸다.

'까각 까가각!'

창은 과녁 너머 강변에 있는 버드나무 줄기에 꽂혔다. 갑자기 날아든 창에 나무 꼭대기에 있던 까치들이 날아갔고, 나무 뒤에 있던 백성들도 화들짝 놀라 꽁무니를 뺐다.

"전하, 저자의 창이 과녁 저 너머 버드나무에 명중했사옵니다."

관원이 창을 뽑아 달려오자 구경꾼들은 혀를 내둘렀다.

구경꾼들 입에서 박수와 탄성이 터져 나왔다.

"와와!"

"장사가 나왔다!"

양녕이 한눈에 갑돌이를 알아보고 임금에게 추천했다는 말도 벌써 백사장에 맴돌고 있었다.

"양녕대군께서 저자를 알아보셨다는구먼."

임금은 갑돌이를 데려오라고 명했다.

"갑돌이를 오늘부터 천민에서 벗어나게 하라."

노비 신세를 면하게 된 갑돌이 눈에 눈물이 고였다.

"성은이 망극하옵니다, 전하."

돌팔매질 군사 선발은 그렇게 끝났다. 새로 뽑힌 스무 명의 돌팔매질 군사 가운데는 갑돌이를 비롯한 노비가 셋이나 있었고, 양반 자제도 둘이나 되었다. 이들은 즉시 각

군에 골고루 나누어 배치되었다. 돌팔매질 군사는 평상시에는 일반 군사와 크게 다르지 않았지만, 전장에서 화살이나 무기가 떨어지는 최후의 순간 돌을 던져 적을 쓰러뜨리는 임무를 맡았다. 각 군의 부장들은 힘 좋고 용맹한 돌팔매질 군사를 반가워하지 않을 수 없었다.

대궐로 돌아가는 내내 임금의 머리는 복잡한 생각들로 뒤엉켜 있었다. 임금은 처음으로 군사에 관한 일을 독자적으로 수행한 것이다. 태상왕 때 중단된 돌팔매질 군사를 다시 되살린 데 대한 자부심 또한 여간 큰 게 아니었다. 하지만 갑돌이라는 인물을 알아본 것은 어디까지나 양녕의 안목에서 비롯된 것이었다. 임금은 상왕이 그토록 세자 양녕을 아끼는 까닭이 이해가 되었다.

백성 구하기

이튿날 오후, 임금이 대전에서 대신들과 회의를 하고 있을 때였다.

임금과 호조참판 이지강의 대화가 이어졌다.

"전하, 군자감^{군수품 출납을 맡은 관아}의 묵은쌀과 콩으로 저화를 바꾸는 일은 이미 전례가 있었사옵니다."

"오, 그래요?"

"그렇게 된다면 많은 백성이 저화의 쓸모를 깨닫고 사용

할 것이니, 그것은 조정이 원하는 바가 될 것이옵니다."

이지강은 잠시 생각에 잠기더니 말을 이어 갔다.

"하지만 또 흉년이 들면 그때는 어찌하옵니까? 백성들은 다시 나라만 쳐다보게 되고 그런 일이 되풀이되면 결국 국고는 바닥나게 될 것이옵니다. 통촉하여 주시옵소서, 전하."

이지강은 나라의 곳간이 새는 것을 막아야 한다는 입장이었다.

"지금 당장 백성들이 굶주리고 있으니 조정에서 쌀을 푸는 건 마땅한 일이라고 생각되옵니다."

좌의정 박은은 임금과 같은 의견이었다. 먼저 백성들을 살려야 한다는 주장이었다.

"저도 그것을 모르는 바는 아니오나⋯."

이지강이 어물어물 말꼬리를 흐리자 임금이 재촉했다.

"참판은 말씀을 계속해 보세요."

이지강은 난감한 표정을 짓고는 말을 아꼈다. 임금이 이지강에게 손짓을 했다. 잠시 후 이지강이 임금에게로 가서 귀엣말을 건넸다. 임금이 놀라는 표정을 지으며 고개를 끄덕였다.

"군자감의 곡식과 관련해서 상왕 전하의 지시가 따로 있었다고 합니다."

임금의 말에 좌의정이 호조참판에게 따져 물었다.

"그렇다면 호조에서는 구호미를 풀지 못하겠다는 말씀입니까?"

"그것이… 어느 정도는 가능할 것 같습니다만."

박은이 호조참판의 고삐를 죄었다.

"최대한 얼마만큼의 수량을 내어 줄 수 있습니까?"

이지강이 장부를 들여다보고는 수량을 말했다.

"쌀과 콩 합하여 육백 가마입니다. 그 이상은 절대 내어줄 수 없습니다."

임금이 영을 내렸다.

"좋습니다. 수량이 넉넉지 않으니, 우선 과부와 홀아비, 자식 없이 혼자 사는 늙은이, 불구자들에게 먼저 주도록 하시오."

그리고 향후 구제 사업에 대해서 물었다.

"곧 밀과 보리가 익을 텐데, 그때는 구제 사업을 폐지해도 되는지 말씀해 주세요."

"밀과 보리가 익으면 백성들이 다 밥을 먹게 될 테니, 구제 사업은 멈추어도 될 것이옵니다."

이지강은 호조의 지출을 줄이려는 심산이었다.

박은이 호조참판의 의견에 또 반대하고 나섰다.

"그럴 수는 없사옵니다, 전하. 백성 모두가 밀과 보리를

심은 게 아닙니다. 여전히 굶주리는 백성들은 있을 것이옵
니다."

박은은 여전히 백성 편에 서 있었다.

그때였다. 경기도 양평에서 보고가 올라왔다.

무릉도지금의 울릉도에서 나온 백성 열일곱 명이 경기도 평구역
리에 도착하였으나 양식이 떨어져서 굶주리고 있사옵니다.

"이런! 도성에서 가까운 경기도가 이러할진대 먼 지방의
백성들은 어떻겠습니까? 무릉도 백성들은 사정이 급한 것
같으니 당장 사람을 보내 구원토록 하고, 호조에서는 각 도
에 공문을 보내 굶주리는 백성이 얼마나 되는지 꼼꼼히 살
펴보고 보고를 받도록 하세요."

"알겠사옵니다, 전하."

그날 저녁 임금이 수강궁에 문안드리러 갔을 때, 상왕은
대전의 일을 이미 보고받은 뒤였다.

"주상, 오늘 큰일을 하셨습니다."

"아니옵니다, 아바마마."

"오늘 정사를 의논하면서 느낀 바가 있었을 텐데요? 무
엇이 어려웠습니까?"

"서로 대립하고 있는 일을 양쪽 다 충족시키는 것이었사옵니다."

"백성들을 구제하는 일과 나라 곳간을 지키는 일 말입니까, 주상?"

"그렇사옵니다, 아바마마. 호조참판 이지강이 오늘 대단했사옵니다."

"어떤 게 말입니까?"

"지출을 줄여 국고가 고갈되지 않도록 하는 자세가 정말 든든했사옵니다."

"주상, 오늘 지강보다 더 놀라운 사람이 있었을 텐데요?"

임금은 흠칫 놀랐다. 상왕이 말하는 사람은 다름 아닌 좌의정 박은이었다. 박은이 누구던가. 박은의 세 치 혀로 임금의 장인 심온이 저세상으로 떠나지 않았던가. 사절로 명나라에 갔던 심온은 역모죄로 몰려 의금부로 끌려갔고 한마디 변명도 못한 채 사약을 마셔야 했다. 임금이 어찌 그것을 잊었을까. 상왕은 임금이 적대심을 갖고 있을 법한 박은의 행동에 대해 어떻게 생각하는지 물은 것이었다.

"백성을 사랑하는 박은의 마음이 얼마나 넓은지 알 수 있었사옵니다."

"주상, 잘 보셨습니다. 주상이 박은에 대해 갖고 있는 마음을 이 아비가 어찌 모르겠습니까? 허나 백성과 나라를 한번 생각해 보세요. 박은 같은 대신은 흔치 않습니다."

임금은 묵묵히 상왕의 말을 듣고만 있었다.

"주상, 노마지지라는 말을 알 것입니다."

"중국 춘추시대 제나라 때의 옛말 가운데 늙은 말의 지혜를 말씀하시는 것 아니옵니까?"

"그래요. 국가를 위해서는 박은 같은 경험 많고 덕망 높은 대신이 필요합니다. 그런 자가 바로 늙은 말의 지혜를 발휘하는 사람입니다."

임금은 상왕에게 고개를 숙였다.

"오늘 많은 것을 깨달았사옵니다, 아바마마."

하지만 대전에서 이지강이 귀엣말했던 것은 꺼내지 않았다. 임금은 상왕과 호조 사이에 벌어지고 있는 일을 조용히 지켜보기로 했다.

비밀 창고

상왕이 수강궁에 아침 문안하러 온 임금을 반겼다. 상왕은 밤새 어깨 결림 없이 모처럼 숙면을 해서인지 기분이 좋았다.

"오늘은 주상에게 긴히 보여 줄 게 있어요."

"아바마마, 그게 무엇이옵니까?"

"직접 가 봅시다, 주상."

임금이 상왕을 뒤따랐다.

상왕이 발걸음을 옮긴 곳은 수강궁의 뒤란이었다. 그곳은 울창한 나무들이 담장 위로 가지를 뻗고 있어서 바깥에서는 잘 보이지 않는, 아주 조용하고 은밀한 곳이었다.

"상왕 전하, 인사드리옵니다."

"전하, 어서 오시옵소서."

그곳에 영의정과 병조판서 조말생이 와 있었다.

"상왕 전하, 소인 인사드리겠사옵니다."

또 한 사람이 인사를 했다. 그는 놀랍게도 박천수였다.

"아니, 그대가 어떻게 여기에…."

눈이 휘둥그레진 임금은 말을 잇지 못했다. 얼마 전 상왕의 명으로 파직된 박천수가 갑자기 그곳에 나타났으니 이해할 수가 없었다.

"주상, 이렇게까지 할 수밖에 없었던 아비를 용서해 주세요."

"소자에게 용서라니요, 그게 무슨 말씀이시옵니까?"

"왜인 간첩들이 우리 군사들은 물론, 대궐의 움직임까지 일일이 캐고 다닌다는 보고가 있어서, 천수를 거짓으로 파직한 겁니다."

"아바마마, 굳이 파직하실 것까지 있었사옵니까?"

"주상, 이건 천수만이 할 수 있는 일이고 보안이 절대 필요한 사안이었으니까요."

임금이 주변을 살펴보며 물었다.

"그게 무엇이옵니까, 아바마마?"

"직접 보세요. 천수, 이제 보여 주게."

상왕의 명이 떨어지자, 박천수가 창고 문을 열었다. 상왕과 임금, 대신들이 뒤따랐다. 관원 둘이 횃불을 높이 치켜들었다. 창고 안은 평범했고 벽에 횃대 두 개 말고는 아무것도 없었다. 박천수가 벽을 더듬거리다가 한가운데를 힘껏 눌렀다. 그러자 편평한 벽에서 쇠고리 하나가 툭 튀어나왔다. 박천수가 쇠고리를 세게 잡아당겼다.

'드드드득!'

기괴한 소리가 나더니 벽면이 통째로 움직이며 열렸다. 상왕과 박천수, 대신들은 알 듯 모를 듯한 미소만 짓고 있었다.

"횃불을 밝혀라."

박천수가 소리치자 관원이 벽에 붙은 횃대에 불을 붙였다. 커다란 창고가 환해지면서 그 안에 수북이 쌓인 것들이 보였다. 활과 화살이었다. 얼마나 많은지 수를 헤아릴 수도 없었다.

임금은 믿기지 않는 듯 부엉이 눈을 하고 물었다.

"아바마마, 이게 다 무엇이옵니까?"

"주상이 본 바와 같습니다. 이곳은 비상시를 대비해 만

든 무기고입니다."

"놀랍습니다. 대체 활과 화살이 몇 개나 됩니까?"

병조판서가 대답했다.

"활은 모두 천오백 개이옵고, 화살은 십오만 삼천오백 개 이옵니다. 활 하나에 백 개 정도의 화살을 준비했사옵니 다, 전하."

바로 옆방에는 수없이 많은 칼과 창이 세워져 있었다. 작은 궤짝에는 작고 날카로운 단검도 쌓여 있었다.

박천수가 문고리를 당겨 또 다른 벽 문을 열었다.

'드르르르!'

"아니, 저건 화포 아닙니까?"

임금은 벌린 입을 다물지 못했다.

큰 방에는 여러 종류의 화포들이 즐비했다. 화포가 있 는 방을 지나자 이번에는 이상한 냄새가 흘러나왔다. 그곳 에는 화약을 만드는 재료인 유황과 목탄, 염초가 가득했다. 그뿐만이 아니었다. 비밀 창고에는 갑옷은 물론, 곡식과 간 장, 소금, 그리고 육포에 이르기까지 식량도 쌓여 있었다.

이 모든 것은 천재 박천수의 머리에서 나왔다. 요술처럼 열리는 창고 문은 도통 그 원리를 알 수가 없었다. 각종 무 기와 식량, 화약의 관리는 정예 부대의 무기고보다 더욱 잘 되어 있었다. 박천수는 또 유사시에 무기와 식량을 신속하게 옮길 수 있도록 통로를 토끼 굴처럼 요리조리 만들었다.

허나 애초에 비밀리에 이 모든 일을 추진한 사람은 주도면밀한 상왕이었다. 상왕은 박천수를 투입하기 위해 수강궁 밖 행랑을 제대로 감독하지 못했다는, 엉뚱한 죄목을 뒤집어씌워 그를 파직시켰다. 물론 거짓이었다. 파직당한 박천수는 곧바로 힘세고 일 잘하는 인부 수십 명을 대궐로 은밀하게 불러들여 비밀 창고를 만들었던 것이다. 박천수는 설계의 귀재였을 뿐 아니라, 일꾼들을 관리하고 부리는 데에도 남다른 재주가 있었다.

비밀 창고는 삼정승과 병조판서 등 몇몇을 제외하고는 아무도 그 사실을 알지 못했다. 창고의 존재를 아는 대신들은 비밀을 누설할 경우 본인은 물론, 식구들의 목까지 떨어져 나갈 것을 각오해야 했다. 왜인 간첩들의 눈과 귀가 제아무리 뛰어나다 하더라도 수강궁의 비밀 창고에는 닿을 수가 없었다.

"주상, 곧 대마도를 치려고 합니다."

"대마도를요? 아바마마, 대마도는 왜 갑자기 치려 하시옵니까?"

"대마도에 심어 놓은 우리 간첩의 정보가 들어왔는데, 상황이 그리 좋지 않습니다. 아무래도 우리가 선수를 쳐야 할 것 같습니다."

임금은 그제야 상왕이 병권을 놓지 않고 있던 까닭을 알 수 있었다. 상왕은 이미 왜국 정세까지 파악하고 앞날을 대비하고 있었던 것이다. 비밀 창고는 한낱 대궐의 안위를 위해 만든 무기고가 아니었다. 그것은 전쟁을 대비한 철저한 준비였다.

숨은 인재

찔레꽃 향기가 대궐에 은은하게 퍼질 때였다. 짝을 맺으려는 산새들 노랫소리가 대궐 숲에 울려 퍼지고 있었다.

"아이고, 죽겠네."

상왕의 방에서 신음소리가 새어 나왔다. 며칠 전부터 시작된 상왕의 어깨 통증이 도무지 가라앉지 않았다. 어의가 탕제를 달여 올렸지만 별 차도가 없었다.

병세가 수그러들지 않자 영의정이 간곡하게 아뢰었다.

"상왕 전하, 아무래도 온천에서 요양하시는 게 좋겠사옵니다."

상왕이 손사래를 쳤다.

"내가 온천으로 가면 농사짓는 백성들이 불편할 텐데, 그건 아니 됩니다."

"상왕께서 건강하셔야 나라와 백성들이 편합니다. 통촉하여 주시옵소서."

병조판서도 영의정을 거들고 나섰다.

"평산 온천이 용하다 하니 그쪽으로 가시면 좋을 듯싶습니다, 상왕 전하."

두 대신이 나서서 청을 올리니, 상왕도 더 이상 사양하지 못하고 이틀 뒤에 임금과 함께 온천으로 출발하겠다고 말했다.

어가 행렬은 상왕의 지시대로 대폭 축소하여 영의정을 비롯한 문무 대신들 몇 명만 동행하기로 했다.

상왕은 직접 각 군의 군사 수를 줄이고 또 줄였다. 호위 군사는 팔백이십일 명밖에 되지 않았다. 이는 두 임금의 행렬치고는 전례 없이 작은 규모였다. 대신들은 어가를 호위하는 호종 수를 줄이지 말라고 간청했다.

"상왕 전하, 더 줄이시면 아니 되옵니다."

임금도 상왕에게 청했다.

"아바마마, 다른 군사는 몰라도 착호갑사 수는 줄이지 마시옵소서."

"착호갑사라면 호랑이 잡는 군사 아닙니까?"

"그렇사옵니다."

"주상, 각 군을 다 줄이는데, 착호갑사만 예외로 할 수는 없습니다."

"아바마마, 요즘 여기저기서 호랑이가 나타난다고 하옵니다. 아바마마의 옥체 보전을 위해서라도 줄이지 마시옵소서."

임금의 간곡한 청에 상왕이 고집을 꺾었다. 군사와 호종 숫자는 착호갑사 스무 명을 더해서 모두 팔백사십일 명으로 결정되었다.

"전하, 서찰이옵니다."

궁궐을 나서기 직전 웬 서찰 하나가 임금에게 전해졌다.

개성에서 하함을 찾으시옵소서. 그가 개성에 왔다면 필시 선물이 있을 것이옵니다.

제 드림

양녕의 서찰을 읽은 임금 얼굴이 환해졌다.

두 임금의 어가가 드디어 황해도를 향해 떠났다. 어가

행렬이 황해도 개성에 닿을 때였다. 상왕의 기분은 몹시 들떠 있었다. 태조의 어진초상화을 보관할 진전(眞殿)이 그 뼈대를 드러내는 날이기 때문이었다. 부왕인 태조가 개성에서 나라를 경영할 때 대궐 하나 변변히 조성하지 못한 게 한이었는데, 상왕이 뒤늦게나마 진전을 세우도록 한 것이다.

상왕이 원숙에게 물었다.

"진전 공사는 누가 감독하는가?"

"송남직이란 자이옵니다."

"출신이 어찌 되는가?"

"생원과 진사에 합격한 자이옵니다."

"송남직을 삼품관으로 승진시키도록 하라."

상왕의 지시를 들은 대신들 눈이 휘둥그레졌다.

영의정이 반대하고 나섰다.

"상왕 전하, 진전 하나 지었다고 삼품 벼슬에 올리시면 장차 다른 이들은 어찌하시려 하옵니까?"

"저 진전을 보세요. 얼마나 정교하고 기품이 있는지."

"그래도 송남직은 고작…."

임금은 대신들의 반대를 조용히 지켜보았다. 상왕은 놀랍게도 화를 내지 않고 대신들과 논리로 싸우고 있었다.

"관직 없는 자에게 삼품 주는 게 부당하단 말인가?"

"네, 그러하옵니다."

대신들이 모두 머리를 조아리며 대답했다.

"그렇다면 돌아가신 선왕의 큰 뜻을 받들어 진전을 지은 송남직이 아무런 가치가 없단 말인가? 대답해 보라. 누가 감히 저 같은 진전을 짓겠는가?"

대신들은 상왕의 뜻을 감히 꺾지 못했다.

"명 받들겠나이다, 상왕 전하."

어가가 개성을 벗어나는데 추적추적 비가 내렸다. 오랜 가뭄 끝에 내리는 단비라 상왕과 임금은 물론, 대신들도 크게 기뻐했다. 그런데 빗줄기가 더욱 굵어졌다. 그때였다. 선발대로 앞서 달려간 관원이 말을 타고 돌아왔다.

"큰일 났사옵니다."

"무슨 일이냐?"

관원이 말에서 내려 지신사 원숙에게 보고했다.

"상류에 비가 많이 내렸는지 개울이 크게 불었사옵니다."

"그렇다면 개울을 건널 수 없다는 말이냐?"

"예, 어가가 건너기에는 위험하옵니다."

"이런, 큰일이로고."

원숙이 임금에게 가서 보고했다.

"개울에 물이 갑자기 불어서 어가 건너기가 어렵다 하

옵니다."

임금이 난감해했다.

"이런, 부왕의 옥체가 불편하셔서 얼른 온천에 닿아야 하는데…. 그럼 언제쯤이면 개울을 건널 수 있겠소?"

"비가 계속 내리고 있어 그건 알 수 없다 하옵니다."

상왕과 임금은 큰 집을 빌려 임시로 머물기로 하고, 대신들이 모여 대책 회의를 했다. 하지만 큰비가 멎어야 물이 빠지니 뾰족한 수가 없었다. 문제는 상왕의 어깨 통증이 더욱 심해지고 있다는 것이었다.

그때 임금이 무릎을 치더니 급히 원숙을 불렀다.

"불러 계시옵니까, 전하."

"개성 진전 감독한 자 말입니다."

"송남직 말씀이옵니까, 전하?"

"그래요, 그자를 어서 불러오세요."

"알겠사옵니다, 전하."

원숙이 관원에게 송남직을 데려오도록 했다. 안방에 누워 임금과 원숙의 대화를 듣고 있던 상왕은 호기심이 발동하여 방 밖에 귀를 기울이고 어떻게 하는지 지켜보았다.

두 시진쯤 지나 송남직이 도착했다.

"소인 송남직 왔사옵니다."

임금이 대청마루로 나가 송남직을 맞이했다.

"상류 쪽에 비가 많이 와서 개울물이 크게 불었답니다. 상왕께서 서둘러 평산에 닿아야 하는데 우리가 발이 묶여 버렸어요. 묘책이 없을까요?"

"소인이 어찌….'

송남직도 즉시 답을 내놓지 못했다. 갑자기 불어난 개울물을 무슨 수로 다스려야 할지 막막한 송남직은 고개를 숙이고 생각에 빠져들었다.

안방에 있던 상왕은 어떤 묘책이 나오는지 계속 귀를 열어 놓고 있었다.

송남직 머리에 번개처럼 뭔가 스쳐 지나갔다.

"주상 전하, 방법이 전혀 없는 건 아니옵니다."

"묘안이 떠올랐어요? 어가가 개울을 건널 방법이 나온 겁니까?"

"전하, 제게 건장한 일꾼 오십 명만 뽑아 주시옵소서."

"개울만 건널 수 있다면 오십이 아니라, 오백은 못 주겠소? 숙은 어서 남직에게 힘 좋은 군사들을 뽑아 붙여 주세요."

임금이 원숙에게 명하자 원숙이 송남직을 데리고 서둘러 밖으로 나갔다.

대문을 나서던 송남직이 어가 앞으로 다가섰다.

어가를 지키던 군사가 송남직을 가로막았다.

"가까이 오지 마시오!"

원숙이 군사에게 손짓했다.

"주상 전하의 영을 받들고 계시니 비켜 주시게."

송남직은 이리저리 어가를 살펴보고는 칡 끈 하나를 끊어 왔다. 송남직은 어가의 길이며 너비를 쟀다.

때마침 집으로 들어오던 대신들이 송남직을 보았다.

대신들은 그렇잖아도 송남직이 삼품관에 오른 것에 시선이 곱지 않은데, 두 임금이 머무는 곳에 또 나타나니 모두 이맛살을 찌푸렸다.

"상왕 전하, 저자는 개성 진전을 감독하는 자 아니옵니까?"

상왕은 시치미를 떼었다.

"글쎄 나는 모르는 일이요."

임금과 송남직이 무슨 방도를 찾은 것 같아 보여 그냥 두고 보기로 한 것이다.

대신들이 상왕과 임금을 모시고 회의하는 동안 송남직은 군사들을 이끌고 산으로 들어갔다.

"물푸레나무와 참나무만 골라 자르시오."

"예, 알겠습니다."

"굵기는 어른 허벅지 정도, 길이는 일곱 척은 되어야 하오."

"예, 알겠습니다."

군사들이 톱질하자 여기저기서 나무들이 비명을 지르며 넘어졌다. 쓰러진 나무들의 가지는 낫으로 일일이 잘라냈다. 일꾼들이 많아 벌목은 금방 끝났다.

"개울에 나무 기둥을 세우시오."

건장한 군사들이 몸에 밧줄을 묶은 채 개울에 들어갔다. 물살이 빨라 군사들은 힘겹게 나무를 엇갈려 세우고 묶었다. 기둥과 기둥 사이는 기다란 통나무를 올려 묶었다. 그 위로는 잔가지를 올려놓고 길을 만들어 나갔다. 개울에 삼십여 보 되는 다리가 놓이는 데 그리 오랜 시간이 걸리지 않았다.

송남직이 군사들에게 말했다.

"모두 애썼소. 이제 하나 더 놓아야 하오."

일꾼으로 동원된 군사들이 구시렁거렸다.

"아니, 힘들게 다 놓았는데 어째서 다리를 또 놓으라 하십니까?"

송남직은 군사들의 불만에 아랑곳하지 않고 개울에 들어가 칡 끈으로 길이를 재었다.

"자, 여기에 다리를 하나 더 놓읍시다."

"험한 물살 헤치고 겨우 하나를 놓았는데, 또 놓으라니요."

군사들이 개울 옆에 대자로 드러누웠다.

바로 그때였다. 갑자기 돼지 멱따는 소리가 들려왔다.

"아니, 저게 뭔 소리야?"

군사들이 모두 벌떡 일어나 소리 나는 쪽으로 고개를 돌렸다.

관원이 손을 흔들며 소리쳤다.

"주상 전하께서 다리 공사에 나선 군사들에게 돼지 두 마리를 하사하셨습니다!"

어느새 개울 옆에 커다란 솥단지가 걸렸고 불을 지피고 있었다.

"주상 전하 만세!"

누가 시키지도 않았는데, 군사들이 만세를 불렀다.

"고기를 배 터지게 먹을 수 있다는데, 이깟 다리 하나 더 놓는 게 뭔 대수람?"

군사들이 다시 나무를 메고 개울로 들어갔다. 두 번째 다리는 작업하기가 수월했다. 바로 옆에 완성된 다리가 있으니 물살에 휩쓸려 갈 염려도 적었다. 작업은 신속하게 진행되었다. 군사들은 콧노래를 부르며 다리를 세웠다.

늦은 오후, 관원이 두 임금이 머물고 있는 양반 집으로 달려갔다.

"상왕 전하, 이제 개울을 건널 수 있다 하옵니다."

"그게 정말이더냐? 대단하구나."

원숙이 안방에 들어가서 아뢰자 상왕이 크게 기뻐했다.

"그자가 대체 어떻게 했길래…."

영의정 유정현과 대신들은 도저히 믿기 어렵다는 표정이었다.

어가가 개울에 도착했을 때 군사들은 이미 돼지 두 마리를 모두 먹어 치운 뒤였다. 어가가 보이자, 군사들은 서둘러 대열에 합류했다.

"아니, 저게 무엇이더냐?"

어가에 있던 상왕이 눈을 비비며 물었다.

송남직이 달려와서 머리를 조아리며 대답했다.

"임시로 만들었사옵니다, 상왕 전하."

임금이 어가에서 내리면서 물었다.

"아니, 그새 이 다리를 만들었단 말입니까?"

"그렇사옵니다, 주상 전하."

상왕도 어가에서 내려 다리를 살펴보며 물었다.

"어떻게 저런 다리를 만들 생각을 했단 말인가?"

다리 밑으로는 냇물이 여전히 거칠게 흐르고 있었다.

"주상 전하께서 방도를 찾아보라 하시기에…."

상왕이 고개를 갸웃거리며 물었다.

"그런데 다리가 왜 두 개이더냐?"

"어가는 양쪽에서 두 줄로 들어야 하니 부득이하게 두 개를 만들었사옵니다."

상왕은 송남직의 기지에 벌린 입을 다물지 못했다.

"대단하구나. 조선에 이런 인재가 있었다니! 아니 그렇소, 영상?"

상왕의 말에 영의정도 고개를 끄덕였다.

이번에는 상왕의 질문이 임금에게 향했다.

"주상은 어떻게 남직을 부를 생각을 했습니까?"

"남직의 재주가 비범한 듯하여 다급한 마음에 부른 것뿐이옵니다."

"주상의 사람 보는 눈이 어떻습니까, 영상?"

"송남직의 재주를 알아본 주상 전하의 눈이 남다르옵니다."

"허허, 정말 그렇소?"

"예, 상왕 전하. 하지만 송남직의 기재를 첫눈에 알아보신 상왕 전하의 혜안이야말로 그 무엇으로도 표현하기 어렵사옵니다."

"정말이오, 영상? 거참, 기분 한번 좋구려. 자, 그러면 이제 건너가 봅시다."

상왕이 다리 건널 것을 명하자 어가가 차례대로 개울을 건넜다.

먼저 상왕의 어가가 다리에 올랐다. 가마꾼들이 두 다리를 밟으며 조심조심 앞으로 나아갈 때 다리가 조금 흔들거렸다. 다리 아래로는 개울물이 숨을 몰아쉬며 흘러가고 있었다. 모두들 손에 땀을 쥐며 지켜보았다.

"과연 저 큰 어가를 저깟 나무다리가 견뎌 낼 수 있을까?"

하지만 가마꾼들이 무사히 나무다리를 건너자 군사들이 함성을 질렀다.

"우와! 만세!"

그 크고 무거운 어가가 건너갔으니 군사들이 지나가는 것쯤이야 아무런 문제도 되지 않았다. 상왕의 뒤를 이어 임금, 그리고 문무 대신들도 다리를 건너갔다. 뒤따르던 군사 몇몇은 자기들이 놓은 다리가 신기한지 쿵쿵거리고 뛰어 보기도 하면서 다리를 건넜다.

그때 개울 건너에 사는 고을 백성들이 몰려와서 두 임금에게 절했다.

"성은이 망극하옵니다."

비가 올 때마다 물이 불어 두 고을 왕래가 끊겼었는데, 임금의 행차 덕분에 하루아침에 다리를 얻은 것이다. 고을 백성들은 그 다리를 '쌍둥이다리'라고 부르기도 했고, 어떤 이들은 두 임금이 지난 다리라고 해서 '양상교'라 부르기도 했다.

　상왕은 나무다리를 만든 송남직에게 큰 상을 내리고 개울 양쪽 고을에 각각 쌀 스무 석을 하사했다. 두 고을 백성들은 어가가 보이지 않을 때까지 두 임금을 향해 절하고 또 절했다.

조선의 임금

어가 행렬이 계속 북쪽으로 향했다.

상왕은 음촌산에서 사냥 대회를 열어 군사들의 기강을 잡았다. 지휘 장수의 능력을 평가하고 각 군 사이에 호흡이 맞는지 일일이 살폈다.

상왕이 영의정, 병조판서와 병조참판, 각 군 지휘 장수들을 불러 모았다. 어깨 통증으로 신음하던 상왕은 사냥 대회가 시작되자 갑자기 멀쩡해졌다. 호랑이 눈빛이 되었고 호령하는 소리는 천둥소리 같았다.

임금이 머리를 조아리며 여쭈었다.

"아바마마, 군사들 기강은 어떻게 잡사오니까?"

"각 군 장수들을 지휘하면 됩니다."

상왕은 각 군 지휘 장수들을 다스렸다. 그 장수가 자신의 군을 완전히 장악하도록 엄하게 영을 내리고, 그 장수에게 모든 권한을 쥐어 주었다. 군사들이 일사불란하게 움직일 수 있는 까닭은 바로 거기에 있었다.

"주상, 군사가 강하지 않으면 나라를 지킬 수 없어요. 여기 모인 삼군 갑사들은 활을 쏘는 데 뛰어난 자들입니다. 모두 말보다 발이 빠르고 무거운 솥도 너끈히 들 수 있는 장사들입니다."

임금이 오른쪽에 줄 지어 서 있는 군사들을 가리키며 물었다.

"저쪽 군사들은 어떻사오니까?"

"저들은 창 쓰는 군사들입니다. 무거운 갑옷을 입고 병기를 들고도 이백 보 이상 쉬지 않고 내달릴 수 있는 자들입니다."

"아바마마, 저런 군사들을 언제 다 뽑았사오니까?"

"주상, 십 년 전에 시험 기준을 만들어 이미 운영하고 있었습니다. 속담에 말 태우고 버선 깁는다는 말이 있어요.

미리 준비하지 않으면 어떤 일이든 허둥대기 마련입니다.”

“명심하겠사옵니다, 아바마마.”

‘뿌우 뿌우 뿌우–.’

나팔 소리가 울렸다. 각 군의 군사들이 전열을 정비하며 자리를 잡고 긴장한 표정으로 지휘 장수를 바라보았다. 다시 나팔 소리가 울렸다. 멀리서 몰이꾼 역할을 맡은 군사들이 함성을 지르며 달려왔다.

“와아아아아!”

노루 두 마리가 풀숲에서 뛰쳐나와 도망치기 시작했다. 군사들이 활시위를 당겼다. 한 마리가 화살을 맞아 나뒹굴었다. 다른 한 마리는 풀숲에서 어지럽게 날뛰었다. 군사들이 또 활시위를 당겼다. 화살이 포물선을 그리며 날아갔다. 노루는 외마디 비명을 지르며 풀숲에 고꾸라졌다.

노루가 명중되자 나팔 소리가 요란하게 울렸다.

‘뿌우 뿌우 뿌우–.’

군사들이 함성을 질렀다. 차일에 있던 상왕이 벌떡 일어나 팔을 들어 올렸다. 사냥터 분위기가 한껏 고조되었다.

“멧돼지다!”

덤불숲에서 멧돼지 한 마리가 뛰어나왔다. 황소만 한 녀석이었다. 군사들이 다시 활시위를 당기려고 하는 순간이었다.

"멈추어라!"

임금의 명령이었다. 군사들이 활시위를 잡은 채 두 임금이 있는 차일 쪽을 바라보았다. 그 순간 풀숲에서 줄무늬가 선명한 새끼 멧돼지들이 졸졸졸 따라 나왔다. 어미 멧돼지는 새끼들을 데리고 숲속으로 사라졌다.

다시 나팔 소리가 울리자 멀리서 몰이꾼 군사들이 함성을 지르며 달려왔다. 멧돼지 한 마리가 또 뛰쳐나왔다. 지휘 장수가 활시위를 당기라는 신호를 보냈다. 화살이 비처럼 날아갔다. 하지만 화살은 멧돼지 몸에 박히지 않고 튕겨 나갔다. 멧돼지는 흥분해서 이리저리 날뛰었다. 말을 탄 군사들이 달려와서 창을 날렸다. 창 하나가 멧돼지 엉덩이에 맞았지만 깊이 박히지 않았다. 멧돼지 엉덩이에서 피가 흘러내렸다. 하지만 멧돼지가 날뛰면서 창이 떨어져 나갔다. 멧돼지가 군사들을 향해 돌진했다. 멧돼지에 들이받힌 군사들이 바닥에 나뒹굴었다. 멧돼지와 군사들이 서로 뒤엉키면서 사냥터는 삽시간에 아수라장이 되었다.

멧돼지가 임금이 있는 차일 쪽으로 달려가면서 난리가 났다.

"어어어, 멧돼지가 전하 계신 쪽으로 간다! 막아라!"

갑옷 입은 군사들이 달려가 차일 앞을 막아섰다. 하지만 갑사들도 멧돼지의 돌진을 막아 내지 못하고 쓰러졌다.

속수무책이었다. 이제 남은 건 임금을 지키는 내금위 군사들이었다. 내금위 군사들은 상왕과 임금 앞에 서서 어깨를 붙이고 창검을 내밀었다.

상왕이 소리를 질러 명을 내렸다.

"주상을 보호하라!"

그때였다.

'슈우우웅-.'

'쾌쾌꽥!'

두 임금 앞에서 군사들이 벽을 세우는 사이 기다란 창 하나가 날아와 멧돼지 목덜미에 꽂혔다. 멧돼지는 비명을 지르며 공중으로 솟구치더니 바닥으로 떨어졌다. 부들부들 다리를 떨던 멧돼지는 이내 숨통이 끊어졌다.

군사들이 창검을 높이 쳐들고 소리쳤다.

"와! 와!"

상왕과 임금 뒤에 있던 영의정과 대신들은 놀란 가슴을 쓸어내렸다.

군사 한 명이 차일로 달려와 무릎을 꿇었다.

"전하 앞으로 창을 던진 소인을 벌하여 주시옵소서."

상왕이 차일에서 나오며 물었다.

"너는 누구더냐?"

"착호갑사 갑돌이라 하옵니다."

"호랑이 잡는 군사로구나. 어서 일어서거라."

임금이 끼어들어 물었다.

"갑돌이라 하였더냐?"

"주상이 이자를 아십니까?"

"지난번 돌팔매질 군사 선발 때 최고점을 받은 자이옵니다. 착호갑사로 편입된 줄은 저도 몰랐사옵니다."

"오, 그랬습니까?"

"아바마마, 이자를 알아보고 추천한 사람이 누구인 줄 아시옵니까?"

"그게 누구입니까?"

"그날 형님이 동행했는데, 이자가 재목인 걸 형님이 알아보았사옵니다."

"허허, 양녕이 저잣거리 놀이패만 잘 고르는 게 아니었군요."

이번에는 지휘 장수들이 달려와 무릎을 꿇었다.

"상왕 전하, 옥체를 위험에 빠뜨린 저희도 벌하여 주시옵소서."

"모두 일어서거라."

상왕은 장수들 손을 일일이 잡아 일으켜 세웠다.

"성은이 망극하옵니다."

"듣거라!"

"예!"

"오늘 우리는 귀한 경험을 했다. 황소만 한 멧돼지가 미쳐 날뛰었는데도 군사 그 누구도 도망하지 않았고, 착호갑사 갑돌이는 창을 날려 멧돼지 숨통을 끊었도다. 너희의 용감무쌍한 기백이 가상하도다."

상왕은 소매를 걷어 올리며 말을 이었다.

"고요한 가운데 갑자기 멧돼지가 뛰쳐나와 돌진한 것처럼 나라 또한 이와 다르지 않다. 언제, 어디서든 위기가 닥칠 수 있다는 말이로다. 군사의 힘을 기르고 철저하게 대비하는 나라는 그 어떤 위기가 닥쳐도 능히 이겨 낼 수가 있도다."

상왕의 연설이 끝나자 군사들이 칼과 창을 높이 들고 크게 외쳤다.

"상왕 전하 만세! 상왕 전하 만세! 상왕 전하 만세!"

그날 상왕은 병이 다 나은 것 같았다. 찻잔을 앞에 놓고 상왕과 임금의 이야기가 차지게 오갔다.

"주상 덕분에 멧돼지 어미와 새끼들이 모두 살았습니다. 그런데 어떻게 새끼들이 있다는 걸 알았습니까?"

"새끼 돼지들 소리가 들렸사옵니다."

"그리 멀리 있는데도 소리를 듣다니, 주상의 귀는 역시 보배입니다."

"과찬이시옵니다, 아바마마."

"그리고 거둥 전 착호갑사 수를 줄이지 말자고 한 주상의 판단이 대단했습니다."

상왕의 칭찬이 더해졌다.

임금은 되레 머리를 조아렸다.

"그건 그저 아바마마의 옥체 보전을 위한 것이었사옵니다. 아바마마, 멧돼지가 달려오는 그 긴박한 와중에 어찌 소자를 보호하라 명하셨사옵니까? 소자 민망해서 얼굴을 들지 못했사옵니다."

"주상."

"예, 아바마마."

상왕은 잠시 말을 멎었다가 다시 이었다.

"이 나라의 임금이 누구입니까? 이젠 엄연히 주상이십니다. 나는 임시로 주상을 돕는 사람에 불과합니다. 이 나라의 지존인 주상부터 당연히 지켜야지요."

"아바마마!"

젊은 임금의 눈에 눈물이 맺혔다. 왕의 자리에 오른 뒤 불안하고 초조했던 마음이 순식간에 사그라들었다. 임금은 상왕이 자신을 그렇게까지 신뢰하고 있는지 몰랐다. '이 나라의 임금은 주상'이라는 그 한마디에 지금까지 쌓였던 모든 시름이 다 사라져 버리는 것 같았다.

"주상, 내 나이 쉰도 넘었고 이미 병까지 얻었습니다. 내가 앞으로 살면 얼마나 더 살겠습니까?"

"그런 말씀 하지 마시옵소서."

"주상, 이 아비가 걱정하는 건 주상의 건강입니다. 주상이 육선고기반찬을 너무 좋아하는 게 늘 마음에 걸립니다. 주상의 몸이 너무 무거우니 자주 소찬고기나 생선이 없는 반찬을 하면서 몸을 가볍게 하셔야 합니다. 또 서책만 보지 말고 가끔 사냥도 하면서 몸을 단련해 주세요. 이게 이 아비의 소원입니다."

"명심하겠사옵니다, 아바마마."

저녁에 잔치가 크게 벌어졌다. 관내 수령이 상왕과 임금에게 절하고 과일과 음식을 올렸다. 상왕은 멧돼지를 잡은 착호갑사 갑돌이에게 갑옷 한 벌을 하사하고 진급시켰다. 낮에 사냥한 멧돼지 뼈다귀로는 장국을 끓이고 고기로는 넉넉하게 고명을 얹었다. 장수들과 시위 군사들, 내관과 상궁들도 너나없이 배불리 저녁을 먹었다.

대신들과 이야기를 나누던 상왕의 눈길이 임금에게 향했다. 임금은 수저를 들지 않고 있었다. 가만히 보니 임금 앞에는 나물 반찬만 잔뜩 놓여 있었다. 상왕과 임금의 대화를 들은 지밀상궁이 임금 앞에 나물 반찬만 올려놓은 것이다.

"그리 육선을 멀리하라 했건만, 쯧쯧쯧."

상왕이 손짓하니 상궁이 푸짐한 고기 요리를 임금 앞으로 가져왔다. 임금은 그제야 슬그머니 젓가락을 들었다. 그 광경을 본 상왕이 웃으며 혼잣말했다.

"고기반찬 좋아하는 주상은 어쩔 수가 없구나. 걱정이로고, 허허."

번개 같은 조치

　평산 온천에서 며칠 동안 목욕했지만 상왕의 병세는 쉽게 나아지지 않았다. 더욱이 상왕의 목에 난 종기는 되레 더 커지고 통증도 심해졌다. 어의가 백방으로 치료하고 탕약을 달여 올렸지만 차도가 없었다. 임금이나 대신들도 난감해서 어찌할 바를 몰랐다. 결국 대궐로 돌아가기로 했다.

　한양으로 출발하기 전 임금이 명을 내렸다.

　"온천에 온 병자들과 온천 인근에 사는 백성들에게 쌀

을 나누어 주도록 하시오. 상왕께서 특별히 하사하시는 것으로 하시고요."

임금은 거동이 불편한 상왕을 조금이라도 기쁘게 해 드리고 싶었다.

병자들이 엎드려 절했다.

"성은이 망극하옵니다."

소식을 들은 백성들이 속속 온천으로 달려왔다. 쌀 한 바가지씩 받은 백성들이 모두 기뻐했다. 먹고살기 어려운 보릿고개에 상왕으로부터 보리쌀도 아닌, 흰쌀을 받았으니 백성들은 절로 어깨춤이 나왔다.

"상왕의 은혜가 수미산만큼 높네."

원숙에게 보고 받은 상왕이 임금의 조치를 크게 반겼다.

그때였다. 말발굽 소리가 요란하게 들려왔다. 대궐에서 급히 달려온 관원이었다.

"전하, 지금 아래 지방에 역질이 돈다 하옵니다."

임금이 상왕을 찾아 아뢰었다.

상왕은 병을 핑계로 주상에게 일을 넘겼다.

"주상, 대신들과 의논해서 처리하세요."

임금은 즉시 영의정을 비롯한 대신들을 불러 모았다.

대신들은 역질을 심각하게 보지 않았다.

"지방에서 추가 보고를 더 받은 이후 조치를 내려도 늦지 않사옵니다."

"역질이야, 어제오늘 일이 아니지 않습니까?"

임금은 어의를 불러 물었다. 어의는 이미 역질을 여러 번 겪었고 현장에서 치료한 적도 있었다.

"어의는 역질을 어찌하는 게 좋다고 봅니까?"

"전하, 역질은 초기 진압이 중요하옵니다."

"그건 왜 그렇습니까?"

"역질은 본디 눈에 보이지 않아 누가 전염시키는지도 모르고, 증세가 나올 때까지는 누가 걸렸는지도 모릅니다. 그러니 초기에 그대로 두었다가는 들불처럼 번져 나갑니다."

"그럼 어찌해야겠습니까?"

"역질이 시작된 지역을 서둘러 차단하고 환자를 치료하는 것만이 능사이옵니다"

"좋아요. 그렇다면 역질의 치료약제는 무엇입니까?"

"향소산, 십신탕, 승마갈근탕, 소시호탕 등의 약이 효험이 있습니다, 전하."

임금은 원숙을 불러 하교했다. 원숙이 붓을 들었다.

"어의가 말한 약제를 처방하여 역질이 도는 지방에 즉시 보내 치료토록 하고 아울러 그 지역을 신속히 차단하도록 하시오."

"예, 분부 거행하겠사옵니다."

"또 하나. 수령들이 조치를 정확히 이행했는지 낱낱이 써서 보고토록 하세요."

"명 받들겠사옵니다."

상왕이 보고를 받고 임금에게 물었다.

"대신들의 의견은 어떠했습니까, 주상?"

"지방에서 올라오는 추가 보고를 기다려 보자는 의견이었습니다."

"그렇다면 어떻게 결론을 내렸습니까?"

"역질에 대해 제일 잘 아는 자의 판단을 따랐습니다."

"어의였겠군요, 주상."

"그렇사옵니다. 약제를 처방하여 지방 수령에게 즉시 보내도록 조치하였사옵니다."

"대신들이 그렇게 하자고 하던가요?"

"아니었사옵니다."

"그래서 어떻게 했습니까?"

"만일 역질이 크게 번지면 누가 책임질 것인지 따져 물었사옵니다."

"허허, 그걸로 끝났습니까?"

"제가 한마디 더 쏘아붙였사옵니다."

"뭐라고요, 주상?"

"만일 역질이 번져 혹여라도 옥체 불편하신 상왕 전하께 미치기라도 한다면 그때는 어찌할 거냐고 물었사옵니다."

상왕은 흡족해했다.

"옳거니! 바로 그겁니다. 주상이 대신들을 보기 좋게 꺾었습니다."

임금은 대신들과의 열띤 논쟁에서 지지 않았다. 지기는 커녕 상왕과 정치를 함께 해 왔던 원로대신들의 코를 납작하게 만들어 버렸다. 임금은 날카로운 말로 조근조근 이치를 가지고 대신들의 빈틈을 노려 찔렀다.

"마치 범이 사슴에게 달려드는 것 같소이다."

대신들 반응이었다. 번갯불이 번쩍이듯 재빠른 임금의 조치에 대신들은 더는 말을 얹지 못하고 입을 다물 수 밖에 없었다.

얼마 뒤 역질이 돌았던 지역의 수령으로부터 보고가 올라오기 시작했다. 역질 도는 마을을 차단하고 중앙에서 보낸 약제로 치료하여 더 이상 전염병이 번지지 않았다는 내용이었다. 하지만 초기에 번진 역질로 십여 명의 백성이 죽었다.

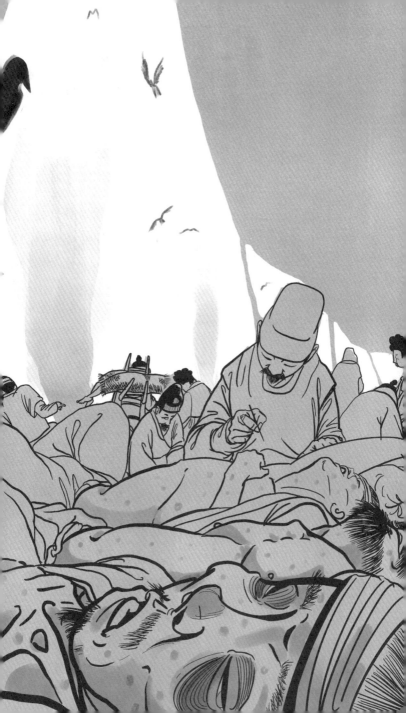

보고에 의하면 역질은 양반, 노비를 가리지 않았다. 임금은 경상도에서 올라온 안타까운 사연도 받아 보았다. 과거에 급제하여 관리로 갓 임명된 젊은 외아들이 역질로 목숨을 잃었는데, 그 아비가 눈물로 제문을 쓴 것이다.

슬프고 슬프도다. 너는 외아들이어서 어미와 내가 금지옥엽 애지중지 키워 왔고, 서책을 좋아하여 마침내 과거에 급제하여 그 기쁨이 하늘에 닿은 게 엊그제였거늘, 어찌하여 고작 나이 스물여섯에 세상을 등졌느냐. 슬프고 또 슬프도다.

상왕이 원숙에게 임금의 조치를 보고받고는 말했다.
"숙아, 주상의 몸은 저리 무거운데, 행동은 어찌 저리도 번개처럼 빠르단 말이더냐."
원숙은 웃음을 참지 못해 얼른 고개를 돌렸다.

나라를 구하는 새

이튿날 어가가 남쪽으로 내려가서 다시 개성에 닿을 무렵이었다. 상왕의 병세가 좋아졌다. 그건 무엇보다 진전의 완공을 축하하는 의식 때문이었다. 상왕은 낙성식 기대감에 잠까지 설쳤지만, 몸은 깃털처럼 가벼웠다.

낙성식에는 수많은 백성이 몰려왔다. 일반 백성은 물론이요, 맹인들까지 있었다.

"맹인들이 얼마나 많이 왔나요?"

임금의 물음에 원숙이 대답했다.

"듣자 하니 백 명이 넘는다 하옵니다. 개성은 물론, 인근 지역 맹인들까지 온 것 같사옵니다."

임금이 맹인들 모여 있는 곳으로 나아갔다.

내관이 얼른 달려가서 맹인 앞에 섰다.

"주상 전하께서 납시오."

"뭐, 뭐라고? 주상 전하께서?"

맹인들은 모두 깜짝 놀랐다. 임금이 직접 자신들 앞으로 왔다는 말을 믿을 수가 없었다.

맹인들은 지팡이를 짚고 무릎을 꿇었다.

"소인들, 주상 전하께 인사드리옵니다."

임금이 물었다.

"일어들 나시오. 그대들은 어찌 이렇게 많이 오셨소?"

맹인 가운데 점을 친다는 이가 자식의 부축을 받으며 나아갔다.

"태조 전하의 진전 낙성식이 있다고 해서 왔사옵니다."

"하지만 그대들은 진전을 보지 못하지 않소이까?"

"소인들은 그저 떡이나 얻어먹으러 온 게 아니옵니다."

"그렇다면 무엇 때문에 수고롭게 왔소?"

"새 주상 전하가 오신다기에 왔사옵니다."

"뭐라고요?"

"주상 전하를 비록 뵈올 수는 없지만, 목소리는 꼭 한번 듣고 싶었사옵니다."

"그래, 내 목소리를 들으니 어떻소?"

"참으로 듣기 좋사옵니다. 어질고 힘이 있는, 장차 성군이 되실 목소리이옵니다."

임금의 귀가 쫑긋 섰다.

"허허, 상왕 전하께서 여전히 계시거늘 별소리를 다 듣소이다."

갑자기 임금이 좌우를 두리번거렸다.

"잠깐, 낯선 말소리가 들려오는데…."

과연 행색이 이상한 자들이 진전 앞마당으로 들어오고 있었다.

"저자들을 데리고 오너라."

"알겠사옵니다, 전하."

임금이 맹인들과 인사를 나누는 사이, 내관이 그자들을 데리고 왔다. 그들은 하나같이 머리에 두건을 칭칭 두르고 있었다.

임금이 호기심에 부푼 표정으로 물었다.

"그대들은 혹시 회회인인가?"

개성상인으로 보이는 조선 백성이 대답했다.

"네, 그렇사옵니다."

"저들 중에 하함이라는 자가 있소?"

개성상인이 대답했다.

"바로 이자가 하함이옵니다, 전하."

키가 작고 얼굴이 까무잡잡한 자가 임금 앞에 머리를 조아렸다.

"제가 하함입니다."

"반갑소이다. 혹시 그대는 대군을 알고 있소?"

하함이 눈을 동그랗게 뜨며 물었다.

"대군이라니요? 혹시 세자 저하를 말씀하시는 것이옵니까, 전하?"

"맞소, 세자."

개성상인이 회회인과 잠시 필담을 나누었다. 개성상인은 회회인에게 예전에 만났던 세자가 왕이 되지 못하고 그 동생이 왕이 되었다고 설명해 주었다. 회회인은 명나라를 자주 다녔던 터라 한자 필담으로 소통하고 있었다.

임금이 회회인에게 물었다.

"그대는 비둘기를 가져왔소?"

"……."

하함은 대답하지 않았다. 그는 잠시 개성상인의 눈치를 살폈다.

"대군마님과의 약속이라서 말을 아끼는 모양이옵니다."

"저런! 난감하게 되었군."

"대군마님께서 비둘기가 장차 나라를 구할 수도 있다고 말씀하셨다 하옵니다. 하함은 그래서 비둘기를 대군마님께 직접 전해 주고 싶다 하옵니다."

개성상인의 말을 들은 임금이 내관에게 명했다.

"당장 그 문서를 가져오너라."

"예, 전하."

잠시 뒤 내관이 봉투를 가지고 종종걸음으로 왔다.

"여기 대령했사옵니다, 전하."

임금이 문서 한 장을 펴서 개성상인에게 주었다.

"그게 바로 양녕대군이 내게 비둘기를 위임한 서류요. 거기 대군의 서명도 있소이다."

개성상인이 하함에게 서찰을 내밀고 설명해 주었다. 개성상인과 이야기를 주고받던 하함이 마침내 고개를 끄덕였다. 하함은 잘 알았다는 듯 임금에게 절하고 진전을 빠져나갔다.

그날 저녁 하함과 개성상인이 행궁을 찾아왔다. 하함은 새장 하나를 들고 왔다.

내관이 임금에게 고했다.

"주상 전하, 회회인 하함이 들었사옵니다."

"오, 어서 그쪽으로 모시도록 하라."

"예, 알겠사옵니다."

내관은 행궁에서 가장 조용하고 은밀한 방으로 하함을 안내했다. 그곳은 내금위 군사들이 엄하게 지키고 있었다. 하함과 개성상인이 방으로 들어갔다. 방은 환하게 불이 밝혀져 있었다.

"주상 전하 납시오."

모두 자리에서 일어나 임금을 맞이했다.

"전하, 비둘기를 보여 드리겠사옵니다."

하함이 서서히 천을 벗겼다. 대나무로 엮은 새장이 드러났고 그 안에 흰 비둘기 한 마리가 들어 있었다.

임금이 새장에 얼굴을 들이대며 물었다.

"이게 바로 그 비둘기란 말이오?"

"예, 그렇사옵니다."

"내가 한번 만져 봐도 되오?"

하함이 새장 문을 열어 비둘기를 꺼냈다. 임금이 비둘기를 손에 올려놓고 자세히 살펴보았다.

"이 녀석이 그리도 뛰어난 비둘기란 말이오?"

"멀리 아라비아에서 건너왔는데, 당대 최고이옵니다. 세자께서, 아니 대군마님이 간곡하게 부탁하지만 않으셨어도…."

"대군과는 꽤나 친했나 보오."

개성상인이 대답했다.

"전하, 대군마님이 이자를 만나러 일부러 나오시기도 했사옵니다. 두 분이 여간 친한 게 아니었사옵니다."

"그나저나 이 녀석이 얼마나 뛰어난지 좀 봤으면 좋겠는데…."

"일단 새장에서 안정을 취하게 하고 먹이를 주면서 차차 훈련하면 될 것이옵니다. 소인을 믿어 주시옵소서, 전하."

"고맙소, 하함."

임금은 원숙에게 회회인과 개성상인에게 쌀 다섯 석과 돼지 한 마리를 하사하겠노라고 말했다. 그 말을 들은 하함 얼굴에 실망이 가득했다.

"왜 그러시는가, 하함?"

"그것이…."

하함이 난감해하는 표정이었다.

개성상인이 나섰다.

"전하, 회회인들은 돼지고기를 먹지 않사옵니다."

"오, 왜 그렇지?"

"황공하옵게도, 자세히는 모르겠사오나 이자들은 돼지고기를 절대 입에 대지 않사옵니다. 통촉하여 주시옵소서, 전하."

"그렇다면 무엇을 좋아하오?"

"닭고기는 아주 좋아하옵니다."

"그렇다면 쌀과 닭 몇 마리를 하사하겠소."

"성은이 망극하옵니다, 전하."

"이 비둘기가 집을 잘 찾아온다고 하니 '돌아오는 비둘기' 돌비라고 불러야겠소."

"좋은 생각이시옵니다, 전하."

하함과 개성상인은 흡족한 표정으로 임금에게 큰절을 하고 행궁을 빠져나갔다.

그날 밤 임금은 깊은 생각에 잠겼다. 양녕이 장차 비둘기가 나라를 구할 수도 있을 것이라고 했다니, 어떻게 구한다는 것인지, 양녕의 상상이 과연 자신의 그것과 맞닿아 있는지 궁금했다.

실책

어가가 임진강을 건너 경기 파주를 지날 때였다. 대궐이 가까워지면서 행렬의 발걸음이 가볍고 경쾌했다.

"주상 전하, 급보이옵니다!"

대궐에서 온 전령의 다급한 목소리에 어가가 멈춰 섰다.

임금이 어가에서 얼굴을 내밀었다.

"무슨 일인가?"

"왜놈들이 충청도 결성에 나타났다고 하옵니다."

임금이 눈을 부릅뜨고 물었다.

"병선인가? 수는 얼마나 되는가?"

"자세히는 모르겠으나, 그 수가 꽤 많다 하옵니다."

"그놈들은 분명히 노략질하러 온 왜구일 것이다."

상왕이 어가에서 나오며 소리 높여 명했다.

"여봐라! 군사들을 모아 즉시 출병하라고 해당 지역 수령에게 전하라!"

"알겠사옵니다, 상왕 전하."

상왕은 즉시 대신들을 소집했다.

"급보다! 길 비켜라!"

이번에는 충청도 관찰사가 급보를 보내왔다.

왜구의 배 오십여 척이 비인현에 나타나 우리 전함을 에워싸고 불살랐사옵니다.

"나쁜 놈들 같으니라고."

상왕이 분을 삭이지 못하고 몸을 부르르 떨었다.

"충청도에 군사들을 보내 해안을 방비토록 하라!"

어가가 대궐로 돌아올 저녁 무렵에는 전투 상황에 관한 충청 관찰사의 보고가 올라왔다. 상황은 더욱 심각해져 있었다.

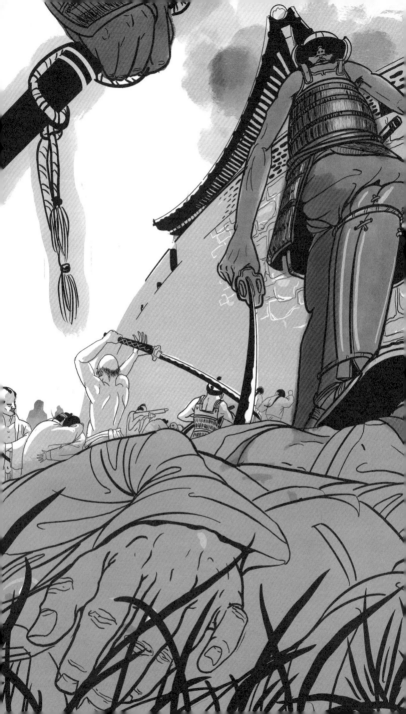

왜적이 쳐들어왔을 때 만호^{무관 벼슬} 이헌수가 술에 취해 방비하지 못했고, 적선 서른두 척이 우리 병선 일곱 척을 빼앗아 불사르고 우리 군사들을 태반이나 죽였사옵니다. 비인 현감이 군사를 거느리고 싸우다 후퇴한 뒤 성이 함락되었고, 뒤늦게 주변 지역 군사들이 달려가 포위했으나 적들은 포위망을 뚫고 사라졌사옵니다.

만호 이헌수가 참형을 당했다.

이헌수를 극형에 처할 것이라는 소문은 사실이 되었다. 군사 범죄를 조사하는 체복사를 비인현에 보내어 조사 보고서를 받은 임금이 참형을 결정하고 사형이 집행된 것이다. 몇몇 대신들은 왜구에 대항하여 싸우다가 아비 이헌수가 물에 빠져 죽은 것으로 알고 자신도 물에 뛰어들어 죽은 아들을 봐서라도 극형은 안 된다고 주장했다. 임금도 사정을 참작하려 했으나, 전라 감사로부터 날아온 추가 보고를 받은 후 결단을 내렸다. 전라 감사는 왜구의 전함이 전라도에서 충청도 쪽으로 북상하고 있다는 사실을 이헌수에게 급히 알렸으나, 그는 아무런 대비도 하지 않고 있다가 기습을 당했다는 것이었다. 임금은 이헌수가 중요한 정보를 합당한 이유 없이 묵살해 버리고 제대로 방비하지 않은 것을 엄하게 보았다. 임금은 이헌수가 나라를 위기에 빠뜨렸다고 판단했다.

　대신들은 놀라움을 감추지 못했다.

　"주상이 상왕보다 무섭구려."

　"임금의 서책 뒤에 서슬 퍼런 칼날이 서 있어요."

　이헌수가 참형당한 후 조정 대신들 사이에서는 그 아비에 그 아들이란 말이 심심찮게 돌았다.

　"비인현 사태에서 무엇을 가장 중요하게 봤습니까, 주상?"

　"저는 긴급한 상황에서 다른 지역과의 협력 체계가 무너진 걸 제일 엄하게 보았사옵니다, 아바마마."

　"헌수가 술을 마시고 방비 못 한 건 어떻고요?"

　"술은 마실 수 있사옵니다. 하지만 전라도에서 온 왜구의 이동 정보를 묵살한 건 있을 수 없는 일이었사옵니다. 소자는 《한비자》중국 춘추시대 한비가 지은 책에 나오는 '제궤의혈'이란 말을 떠올렸사옵니다. 개미구멍 하나가 큰 둑을 무너뜨리게 되는 법입니다. 소홀히 한 작은 일이 큰 화를 불러오게 되지요."

　"헌수가 죽은 건 안타깝지만, 주상이 나라를 위해서는 현명한 판단을 했습니다."

　"원숙을 시켜 헌수의 집에 장례 비용을 보내도록 했사

옵니다. 죄는 엄하나, 부자가 죽은 건 그 식구들이 감당하지 못할 일일 것이옵니다."

"주상, 참 잘했습니다."

임금이 말머리를 돌렸다.

"아바마마, 전함을 없애는 건 어떻겠사옵니까?"

순간 상왕이 미간을 찌푸렸다.

상왕이 정색을 하고 임금에게 물었다.

"주상의 말은 수군을 없애자는 것인데, 왜 그리 생각하셨습니까?"

"각 도의 포구에 비록 병선이 있으나, 그 수가 많지 않고 방어 또한 허술하옵니다. 이번에 충청도 비인현도 그러하고, 황해도 해주에서도 우리 병선이 적어 왜선을 물리치지 못했사옵니다."

상왕은 아무 대답을 하지 않고, 대신들과 논의해 보라고 했다.

이튿날 편전에 대신들이 모였다. 임금이 전함 없애는 문제를 꺼냈다.

판부사 이종무와 찬성사 정역이 반대하고 나섰다.

"아니 되옵니다, 전하. 우리나라는 삼면이 바다에 접해 있으니 전함이 없어서는 안 될 것이옵니다."

"전하, 전함이 없다면 우리가 어찌 뭍에서 편히 지낼 수 있겠사옵니까?"

호조참판 이지강이었다.

"이번처럼 뜻밖의 변을 당할 때 적에게 대항하지 못한다면 전함이 무슨 소용이 있단 말입니까?"

임금은 전함을 없애고 육지 군사들의 힘을 더 키우면 되지 않겠느냐고 말했다.

정역이 다시 목소리를 높였다.

"전하께서는 너무 작은 것만 보시고 결론지으려 하십니다. 전함 건은 큰 틀에서 판단하셔야 하옵니다."

임금도 물러서지 않았다.

"이번에도 병선이 다섯 척이나 있었는데 적에게 포위당해 쌀을 사십오 석이나 내주지 않았습니까?"

그러자 대신들이 입을 모았다.

"일단 쌀을 내주어 적을 안심시킨 다음에 원병을 기다린 것이옵니다. 그것은 명백한 계책이었사옵니다."

임금은 더 이상 말을 잇지 못했다. 전함을 없애자는 주장은 한 걸음도 나아가지 못했다.

그날 저녁 임금이 다시 수강궁에 들어갔다. 상왕과 임금이 자리를 마주하고 앉았다.

"주상, 전함 없애는 문제는 어찌 되었습니까?"

"아바마마, 단 한 발짝도 나아가지 못했사옵니다."

"혹시 찬성하는 대신이 있었습니까?"

"단 한 사람도 없었사옵니다, 아바마마."

"누구의 반대가 가장 거셌습니까?"

"찬성사 정역이었사옵니다."

"정역은 고려 때 나와 같이 과거에 급제한 사람입니다. 그는 자신이 옳다고 생각하면 목에 칼이 들어와도 그 뜻을 굽히지 않는 원로입니다."

"……."

"주상은 이번에 실수를 한 것입니다."

"……."

"우리 조선이 삼면의 바다로 둘러싸여 있는데, 적이 쳐들어오면 대체 무엇으로 대적하시렵니까?"

상왕의 목소리는 점점 높아지고 있었고 임금은 대꾸하지 못하고 있었다.

"주상, 육지의 군사들은 육지에서 역할이 있고, 수군들은 바다와 해안에서 역할이 있는 것입니다. 뭍의 군사들을 제아무리 잘 훈련시킨다 해도 바다로 들어오는 적을 막을 수 없습니다. 원로대신들은 바로 그 점을 지적한 것입니다."

임금은 얼굴을 들지 못했다.

"소자의 생각이 짧았사옵니다, 아바마마."

"주상, 나도 없는데 주상이 대신들 의견을 모두 묵살하고 전함을 없앤다고 상상해 보세요. 왜구가 바다로 쳐들어오면 그땐 어찌하시겠습니까?"

"송구하옵니다, 아바마마."

"지난번 구호미 푸는 문제로 대신들과 논의할 때 이지강이 쌀과 콩을 한 석이라도 줄이려고 한 까닭이 무엇이었겠습니까? 호조참판은 그 미두 하나라도 아껴서 병선 만드는 데 충당하려고 한 것입니다."

임금의 얼굴이 벌겋게 달아올랐다. 이지강이 귀엣말로 상왕의 지시라고 하며 얼버무렸던 게 무엇인지 이제야 드러난 것이다.

그날 임금은 상왕의 실망스러운 표정을 처음 보았다. 상왕은 임금의 전함 폐지 의견에 대해 대신들이 어떻게 나올지 꿰뚫어보고 자신이 뽑은 원로대신들이 조선과 백성의 안위를 얼마나 생각하는지 임금에게 보여 주었다. 또 임금의 판단이 얼마나 어리석은지 피눈물 나게 깨닫도록 했다.

"주상, 그나마 이 정도로 끝난 게 다행이라면 다행입니다."

"소자, 차마 얼굴을 들지 못하겠사옵니다."

상왕은 임금의 어깨를 두드려 주었다. 그리고 귀에 대고 한마디 해 주었다.

"주상, 이번에 실수했다고 앞으로 일 펼치는 걸 주저한다면 아비는 더 크게 실망할 겁니다."

"명심하겠사옵니다, 아바마마."

"내 의견이 모든 사람과 다를 때는 내 생각이 짧은 것일 수 있습니다. 찬반이 섞일 때에는 서로 논의해서 결론에 이르면 됩니다."

상왕은 군주다운 지혜와 아량을 갖고 있는 진짜 임금이었다.

'아, 임금 하기 참으로 어렵구나. 내 생각이 지푸라기보다 짧았다니!'

그날 임금의 방에서는 밤새도록 긴 탄식이 멎지 않았다.

비둘기 훈련

서해안 왜구 침입 사태가 진정되면서 임금은 자신만의 계획을 추진했다. 그건 아무도 모르게 진행되고 있었다.

아침나절 대전 내관이 임금에게 아뢰었다.

"전하, 준비가 끝났다 하옵니다."

"어서 가 보자꾸나."

임금은 대궐에서 가장 후미진 곳으로 발걸음을 옮겼다. 그곳에는 내관 박주경이 기다리고 있었다.

"박 내관, 어떠하더냐, 돌비의 재주가?"

"그동안 대궐에서만 시험해 보았사온대, 성과가 좋사옵니다."

"그래. 어디 한번 해 보거라."

"예, 전하. 제가 이 녀석을 연못 너머로 데리고 가겠사옵니다. 잠시만 기다려 주시옵소서."

박주경은 돌비를 싸리나무로 만든 작은 새장으로 옮겼다. 돌비는 눈을 반짝거리며 고개를 돌려 좌우를 살폈다.

'딱 딱.'

잠시 후 연못 쪽에서 소리가 들려왔다. 박주경이 나무를 부딪혀 신호를 보낸 것이다. 그것은 돌비를 날리겠다는 뜻이었다. 임금의 얼굴에 긴장감이 흘렀다.

'잘 와야 할 텐데….'

임금이 잠시 눈을 감고 돌비가 오기만을 바라고 있는데, 담장 너머로 돌비가 날아왔다. 눈 깜짝할 사이에 돌아온 것이었다. 돌비는 새장 위에 사뿐히 내려앉았다.

"돌비 이 녀석, 대단하구나!"

임금은 돌비를 어루만지며 기뻐했다.

잠시 후 박주경이 빈 새장을 들고 헐떡거리며 뛰어왔다.

"잘 돌아왔군요. 전하, 감축드리옵니다."

"그래, 박 내관이 수고했구나."

"아니옵니다. 다 주상 전하의 복이옵니다."

임금은 비둘기가 집으로 돌아오게 만드는 귀소 훈련을 반복해서 시키라고 명했다. 수강궁 뒤에서도 날려 보고, 대궐 수문장 있는 곳에서도 날려 보라고 했다. 대궐 훈련을 모두 마치면 운종가지금의 서울 종로, 왕십리, 동교 등으로 비행 거리를 점점 늘리라고 지시했다.

"형님이 키우셨던 비둘기는 어떠했느냐?"

"그 비둘기는 운종가에서는 잘 돌아왔는데, 왕십리에서는 제대로 돌아오지 못했사옵니다. 지금은 돌비만 훈련시키고 있사옵니다."

"허허, 이놈들도 머리 차이가 있단 말이로구나."

"그런데 돌비에게는 무엇을 먹이느냐?"

"주로 벼를 먹이고 있사옵니다."

"아니, 기왕이면 맛있는 쌀을 주지 않고 왜 볍씨를 주느냐?"

"전하, 비둘기들은 신기하게도 볍씨를 더 즐겨 먹사옵니다. 그건 양녕대군 마님이 알아낸 것이온데, 왜 그런지는 소인도 잘 모르겠사옵니다."

"역시 형님이 새에 대해서는 남다르시구나."

돌비의 귀소 훈련은 예상보다 잘되었다. 임금이 명한 대로 운종가는 물론, 왕십리와 동교까지 돌비를 데리고 가서 대궐 쪽으로 날렸다. 돌비는 신기하게도 창덕궁 새장으로 돌아왔다. 돌비의 훈련은 계속되었다. 인왕산 너머와 한강 두모포에서도 날려 보도록 했다. 돌비는 어김없이 대궐로 돌아왔다. 훈련은 시간까지도 정확히 기록되었다. 박주경은 마당에 오십 보 눈금을 표시해 두었다. 돌비는 이십오 보 걸을 때쯤 운종가에서 돌아왔고, 왕십리에서는 육십보, 동교에서는 팔십 보 걸었을 때쯤 창덕궁으로 돌아왔다. 대궐로 돌아온 돌비는 모이를 먹고 함지박에서 시원하게 목욕을 했다.

훈련은 성공적이었다. 돌비는 먼 거리를 날아도 지친 기색이 전혀 없었다. 마치 이까짓 것쯤이야, 하며 더 먼 거리를 원하는 것 같았다. 박주경은 종이에 빠짐없이 훈련 성과를 기록했고 그 보고서는 저녁마다 임금의 방으로 은밀하게 전달되었다. 임금은 훈련 기록 보는 재미에 푹 빠졌고, 보고서가 조금이라도 늦으면 뭔 일이라도 난 것처럼 조바심을 냈다.

어느 날 임금이 보고서를 보다가 물었다.

"이건 좀 잘못된 거 아니냐?"

"전하, 무엇을 말씀하시는 것이옵니까?"

"동교에서 날아왔는데 왜 삼백 보가 넘었느냐? 평상시

에는 백 보를 넘지 않았는데…."

"전하, 정확히 보셨사옵니다. 몇 차례의 훈련에서 동교
는 팔십 보나 구십 보밖에 걸리지 않았사옵니다."

"그렇다면 뭔가 잘못된 게 아니냐?"

"돌비한테 사정이 있었사옵니다."

"허허, 비둘기한테 무슨 사정이 있었다는 것이냐?"

"전하, 백 보를 걸을 때까지 돌아오지 않아 이상하다고
생각했사옵니다. 그런데 사방을 둘러보다가 하늘에 매 한
마리가 돌고 있는 걸 보았사옵니다."

"돌비가 매 때문에 늦었다는 것이냐?"

"확실치는 않지만 매가 사라지고 곧바로 날아온 걸로
봐서 매와 관련이 있지 않을까 생각했사옵니다."

"그게 사실이라면 돌비는 정말 영물이로구나. 그걸 알아
본 박 내관도 대단하다."

임금은 박주경을 크게 칭찬했다.

"전하, 다음 훈련은 어찌해야 할지 하교하여 주시옵소
서."

"딱 한 곳 마음에 둔 곳이 있다."

"그게 어디옵니까, 전하?"

"광주이니라."

"양녕대군 마님 처소 말씀이옵니까?"

"하하, 네 말이 맞다."

"알겠사옵니다, 전하."

이튿날 아침 일찍 모이를 먹고 목욕을 마친 돌비가 내금위 군사의 말을 타고 대궐 밖을 나섰다. 돌비가 광주에 도착했을 때 양녕은 처소에 없었다.

전날 밤 담을 넘어 사라져 버린 양녕은 아침에 광주 목사가 보고를 받았을 때는 광주 고을 어디에도 없었다. 양녕은 어느새 한양에서 함께 다니던 패거리를 불러내어 걸판지게 놀았던 것이다. 관아에서는 사람을 풀어 양녕을 찾느라 혈안이 되었다.

양녕이 처소로 돌아온 건 그날 오후였다. 속이 타들어 가던 군사가 안도의 한숨을 내쉬었다. 군사가 새장에서 비둘기를 꺼냈다.

"여기 가져왔사옵니다, 대군마님."

"오, 그 비둘기!"

양녕은 마치 아무런 일도 없었다는 듯 태연하게 비둘기를 받았다.

"전하께서 돌비라고 이름을 붙이셨사옵니다."

"허허, 주상께서 이름을 제대로 지으셨구나."

"전하께서는 대군마님이 돌비를 보시면 뭔가 해 주실

거라 말씀하셨사옵니다."

군사의 말을 들은 양녕이 집사에게 손짓을 했다. 집사가 방에 들어가 종이와 붓, 먹을 가지고 나왔다. 양녕은 잠시 생각에 잠기더니 가는 붓을 들어 종이에 써 내려갔다.

"자, 여기 있네."

군사가 종이를 말아 접어 돌비 다리에 묶었다.

"대군마님, 다 되었사옵니다."

"그래, 돌비는 내가 날려 주겠네."

양녕이 새장에서 돌비를 꺼냈다. 양녕이 돌비를 치켜들고 날려 보내려고 할 때였다.

"대군마님, 소인이 신호를 보낼 때까지 잠시만 기다려 주시옵소서."

군사가 밖으로 나갔다. 잠시 후 멀리서 나무 부딪치는 소리가 들려오자, 양녕이 돌비를 하늘로 날려 주었다. 비둘기는 날갯짓을 하며 북쪽으로 향했다.

"자네 말대로 신호 받고 날려 주었네만, 그 까닭이 무엇인가?"

양녕이 고개를 갸웃거리며 군사에게 물었다.

"예, 돌비의 출발 시간을 한양에 알려 주느라 그랬사옵니다."

"아니, 뭐라고? 그 먼 곳에 어떻게?"

"소인이 거울로 빛을 보냈사옵니다."

"어디로 보냈다는 것인가?"

"갈마재경기 광주에서 서울 송파로 넘어가는 산마루 쪽으로 보냈사옵니다. 그러면 갈마재에서는 다시 송파로, 송파에서는 강 건너 목멱산지금의 남산, 목멱산에서 대궐로 거울 빛을 보내옵니다."

"기가 막히는구나. 대체 누가 그런 생각을 했단 말이냐?"

"그건 소인도 잘 모르겠사옵니다, 대군마님."

양녕은 북쪽 하늘을 보며 혼잣말했다.

'허, 아우님이 역시 잘하시는구나.'

광주 양녕의 처소 옆 언덕에서 보낸 거울 빛은 순식간에 대궐에 도달했다. 창덕궁 뒷마당 높은 곳으로 거울 빛이 도착하자, 박주경이 곧바로 시간을 쟀다.

'오십… 육십… 백… 이백… 삼백… 사백.'

박주경이 사백사십 보를 떼는 순간이었다.

'파다다닥-.'

돌비가 돌아왔다. 돌비는 새장 위에 가뿐히 내려앉았다. 박주경이 돌비에게 다가갔다. 돌비의 다리에는 종이 하나가 묶여 있었다. 박주경이 돌비의 다리에서 종이를 풀어 가지고 임금에게로 달려갔다.

"주상 전하, 소인이옵니다."

"오, 박 내관 왔느냐? 왜 이렇게 늦었더냐? 군사가 말 타고 간 게 언제인데."

"그것은 군사가 돌아와야 알 수 있을 것이옵니다."

박주경이 임금에게 종이쪽지를 올렸다.

"형님이, 아니 돌비가 가져온 것이로구나."

"예, 그렇사옵니다."

"돌비가 오는 데 얼마나 걸렸느냐?"

"거울 빛 신호를 받고 정확히 사백사십 보 걸렸사옵니다, 전하."

"이 녀석이 바람을 타고 온 게 분명하구나. 사람이라면 광주에서 대궐까지 한나절은 족히 걸릴 텐데…."

임금이 꼬깃꼬깃한 종이쪽지를 조심스레 폈다.

전하, 이 흰 비둘기가 전란 때 크게 쓰일 것입니다.

제 드림

종이쪽지를 펼쳐 본 임금이 무릎을 내리쳤다.

"형님이 나와 똑같은 생각을 하셨구나!"

그날 밤 광주에 갔던 군사가 대궐로 돌아왔다. 임금이

비둘기가 늦은 까닭을 물었다.

"그것이…."

원숙이 눈을 부릅뜨며 말했다.

"어서 사실대로 고하지 못할까!"

"사실 대군마님께서 전날 월담해서 나가셨다가 오후에 오셨사옵니다."

"그랬었구나, 그랬어."

양녕은 열 가지를 잘하다가도 가끔 전혀 엉뚱한 샛길로 가는 버릇이 있었다. 광주로 추방되면 고쳐질 줄 알았는데, 한번 붙은 습관은 여간해서는 바뀌지 않았다. 임금은 날이 밝는 대로 광주 목사에게 은밀히 사람을 보내 이번 일은 상왕 모르게 조용히 덮어 두자고 부탁했다.

대마도 정벌

6월 17일 아침이었다. 이날은 상왕과 임금이 한강 두모 포 백사장에 거둥하여 이종무 등 여덟 장수에게 친히 술을 내리고 대마도 정벌군을 전송한 지 정확히 한 달 되는 날이었다.

정벌군을 보내는 상왕의 말은 단호했다.

"이 장군, 대마도에서 승전하고 돌아온다면 조상에게까

지 상을 내릴 것이요, 그러지 못하면 죽을 각오를 해야 할 것이오."

이종무는 활과 화살을 하사받으며 대답했다.

"반드시 이기고 돌아오겠사옵니다, 상왕 전하."

이종무는 눈을 감고 잠시 그날을 떠올렸다.

"장군님, 출정 준비가 다 되었습니다."

수하 장수의 보고에 이종무는 정신이 번쩍 들었다.

거제도 앞바다는 대마도 정벌군 전함으로 가득 차 있었다. 삼군 도체찰사 이종무가 한양에서 이끌고 온 전함 열 척을 비롯하여, 충청도에서 삼십이 척, 전라도에서 오십 척, 경상도에서 무려 백이십육 척의 배가 속속 모여들었다. 한양에서 내려온 장수와 관군 등이 육백육십구 명, 각 지방에서 뽑은 군사들이 만 육천구백십육 명이니, 모두 합하면 무려 만 칠천이백팔십오 명이었다. 양식은 전 군사가 두 달 동안 먹을 수 있는 엄청난 양이었다.

정벌군의 전함들이 바다 한가운데로 나아갔다. 그때 갑자기 전함이 좌우로 심하게 흔들렸다. 이종무가 수군 김종수를 불러 물었다. 거제도 뱃사람 출신인 그는 바다 일에 대해서는 모르는 게 없었다.

"바람이 거칠어지는데 어찌 될 것 같은가?"

"장군님, 더 거세질 기세입니다."

이종무는 난감했다.

"대마도까지는 멀지 않으니 서둘러 가면 되지 않겠는가?"

"그것이…."

"왜 그러는가?"

"아무래도 바다가 크게 요동칠 것 같습니다."

"지금은 견딜 만하지 않은가."

"대장선과 큰 전함들은 괜찮겠지만, 작은 배들은 감당하기 어려울 것입니다."

이종무는 고민했다. 함부로 배를 돌렸다가 출정 시기를 놓쳐 버리고 자칫 왜적에게 반격당할 수도 있는 일이었다. 부장들도 진군하자고 주장했다.

어서 승전하여 서찰을 날리도록 하라.

상왕은 출정이 늦어지지 않도록 교지까지 내려 보냈다. 이종무는 깊은 고민에 빠졌다. 무리해서라도 시기를 놓치지 말고 출정해야 할지, 아니면 미루어 때를 기다려야 할지 결정해야만 했다.

"전함을 돌려라!"

"예, 알겠습니다. 전군, 전함을 돌려라!"

대장선에 군사를 되돌리라는 회군 깃발이 올라가자 전함들이 일제히 방향을 바꾸었다. 이종무는 자신의 손에만 칠천여 명의 목숨이 달려 있다는 것을 간과할 수 없었다. 적과 싸워 보기도 전에 군사들이 물고기 밥이 되도록 할 수는 없었던 것이다.

전함들이 거제도로 돌아온 지 한 시진도 안 되어 바다가 요동쳤다. 풍랑이 어찌나 심한지 진군했으면 대장선조차 생사를 장담하지 못했을 일이었다.

이틀 뒤 아침이었다. 바람이 없어 고요했다. 이종무가 타고 있던 대장선에서 출정을 알리는 나팔 소리가 울렸다. 나팔은 수평선 너머까지 울려 퍼졌다. 격군들의 노 젓는 소리가 요란했다. 그때였다.

"저기, 배가 가고 있습니다!"

망루에서 망보던 군사가 소리치자, 이종무와 참모 장수들이 갑판 앞으로 나아갔다.

참모 장수가 고개를 갸웃거리며 말했다.

"장군님, 고깃배 같은데, 좀 수상합니다."

배에는 서너 명이 몸을 낮추고 있었는데, 조선 전함을 보더니 빠르게 노를 저어 갔다.

이종무의 명이 떨어졌다.

"저 배를 잡아라!"

기수가 깃발을 펄럭이자 탐망선이 전속력으로 뒤쫓았다. 수상한 배의 속도가 더욱 빨라졌지만, 탐망선을 벗어나지는 못했다. 탐망선 군사가 수상한 배에 갈고리를 던져 당겼다. 두 배가 서로 닿자 군사들이 칼을 뽑아 고깃배에 올라탔다.

"너희는 뭐 하는 자들이냐?"

"왜 이러시무니까? 우리는 고기 자부는 어부이무니다."

"어부라고? 그런데 말투가 좀 이상하네. 조선 사람이냐, 왜인이냐?"

"우리는 조선에 귀화한 사람들이무니다."

"그렇다면 문빙을 보여라."

"여기 있스무니다."

조선 군사가 왜인 통행권인 문빙을 들여다보았다.

"우리가 뒤쫓아 가는데 왜 도망쳤느냐?"

"도망친 거는 아니었으무니다. 그거는….'

"아무래도 수상하다. 이자들 몸을 샅샅이 뒤져라."

몸수색이 시작되었다. 조선 군사들이 수상한 자들의 옷과 버선을 샅샅이 뒤졌다.

"이자의 웃옷에 뭔가 잡히는 게 있습니다."

조선 군사가 어부의 옷을 뜯어 보았다. 안감에서 종이가 나왔다. 종이에는 그림과 글씨가 쓰여 있었다. 배 그림도 있고 한자로 숫자가 빼곡히 써 있었다.

"이놈들은 첩자임이 틀림없다. 포박하라!"

탐망선이 대장선 가까이로 돌아왔다.

군사들은 이종무에게 쪽지를 전하고 수상한 자들을 무릎 꿇렸다.

"아니, 이게 뭐야? 이놈들은 한양에서 활동하던 왜놈 간첩이로구나. 하늘이 우리를 도왔다."

왜인 간첩이 소지한 종이에는 이종무가 한강 두모포에서 상왕과 임금의 환송을 받으며 출정하는 장면이 그려져 있었다. 대장선을 비롯한 전함들이 상세히 그려져 있었고 각 전함의 군사들 숫자까지 적혀 있었다. 그뿐만 아니었다. 조선 전함들의 집결 현황은 물론, 각 군의 훈련과 이동 동향, 심지어 두모포 돌팔매질 군사 선발 정보까지 적혀 있었다. 왜인 간첩들은 치밀했고 그 정보는 아주 자세하고 정확했다.

이종무는 가슴을 쓸어내렸다. 만일 간첩들이 먼저 대마도에 도착했다면 되레 기습 공격 받았을 게 뻔했던 것이다.

오후에 선발 부대 전함 열 척이 대마도에 접근했다. 대마도의 바닷물은 맑고 조선보다 푸르렀다. 햇빛이 바닷물에

반사되어 눈이 부셨다. 군사들은 낯선 땅에 내린다는 생각에 더욱 긴장해서 칼과 창을 가슴에 안은 채 몸을 낮췄다. 잠시 뒤 벌어질 전투를 떠올리며 숨을 죽였다.

대장선에서 엄중한 지시가 떨어졌다.

"명령이 떨어지기 전까지 아무도 움직이지 마라."

군사들은 침을 삼키고 신호가 떨어지기를 기다리고 있었다. 함선들이 대마도 두지포에 다가서고 있었다. 대마도 왜인들이 함선들을 보더니 손을 흔들며 달려왔다. 왜인들은 반가운 표정을 지으며 술과 고기를 차려 나오고 있었다.

"어찌 된 일이지?"

"저놈들이 우리를 왜 환영하는 거지?"

조선 군사들은 서로를 쳐다보며 고개를 갸웃거렸다. 대마도의 왜인들은 도무지 이해 못 할 행동을 하고 있었다. 몇몇 장수들은 왜인의 간교한 꾀일지 모른다고 했다.

"복병이 있을지 모르니 더욱 긴장하라."

이종무가 칼을 들고 외쳤다.

"화포를 쏴라!"

전함들 옆구리에서 화포가 불을 내뿜었다.

'쾅 쾅 쾅 쾅.'

화포 소리에 천지가 뒤흔들렸다. 군사들이 바닷물에 뛰어내렸다. 해안에는 이미 많은 왜인들이 피를 흘리며 죽었

거나 부상을 입어 쓰러져 있었다. 군사들이 칼과 창을 들고 함성을 지르며 일제히 달려갔다.

"조선 군사다. 도망가라!"

살아남은 왜인들이 산 쪽으로 도망치기 시작했다.

이종무가 명했다.

"항복하지 않는 자는 모조리 베어라!"

그때 마을로 도망쳤던 왜인들이 어디선가 칼을 집어 들고 나왔다. 하지만 그들은 조선군의 상대가 되지 못했다.

"쏴라!"

이번에는 궁수들이 활시위를 당겼다. 화살이 포물선을 그리며 비 쏟아지듯 떨어졌다. 왜인들은 화살을 맞고 고꾸라졌다.

대마도의 왜인들은 조선군이 대마도를 공격하리라고는 상상도 하지 못하고, 자기편이 조선 전함을 빼앗아 섬으로 돌아오는 줄 알고 환영하러 나왔던 것이었다.

이종무는 항복을 권유하는 편지를 써서 귀화한 왜인 지문과 함께 대마도주 도도웅와에게 보냈다. 하지만 도도웅와는 아무런 답을 주지 않았다.

이종무는 공격의 고삐를 더욱 조였다. 조선 군사들은 닥치는 대로 가옥들을 불살랐다. 이천 채에 달하는 가옥이 불타 버렸고 적선을 백이십구 척이나 빼앗았다. 조선 군사들은 포로로 잡혀간 중국인 백삼십일 명도 구출해 내는 전과를 올렸다.

"만세! 만세! 만세!"

대마도에서 얻은 첫 승리였다. 조선 군사들은 춤을 추며 기뻐했다. 타국에서 얻은 대승이었기 때문에 그 기쁨은 더욱 컸다.

"왜놈들 별거 아니구먼."

"그러게 말이야. 꽁지 빠져라 도망치는 꼴이라니."

왜인들은 양식 한두 자루 둘러메고 산속으로 도망쳤다. 이종무는 밭에서 자라는 작물을 닥치는 대로 베어 버리라고 명했다. 먹을 양식이 떨어지고 밭에 자라는 작물까지 없다면 손들고 나올 수밖에 없다고 판단한 것이다.

이종무는 하얀 천에 승전보를 적었다.

상왕 전하의 명 받들어 대마도 두지포에서 대승을 했사옵니다.

삼군 도체찰사 이종무 드림

이종무 눈에 기쁨의 눈물이 맺혔다. 이종무는 천을 들어 햇볕에 글씨를 말리고는 부관을 불렀다.

"가져오너라."

"알겠습니다, 장군님."

부관이 새장을 가져왔다. 이종무가 새장을 열어 손을 집어넣었다. 손바닥에 비둘기의 따뜻한 체온이 전해졌다.

"이 천을 비둘기 다리에 묶어라."

"예."

부관이 비둘기 다리에 천을 묶었다.

"자, 이제 네가 조선의 전령이니라. 돌비야, 잘 부탁한다."

이종무가 돌비를 날렸다.

'퍼더덕!'

돌비가 갑판 위에서 하늘 높이 날아올랐다. 돌비는 마치 하늘길을 아는 것처럼 거제도 쪽으로 힘차게 날아갔다.

이튿날 이른 아침이었다.

"주상 전하, 대마도에서 급보가 왔사옵니다."

"뭐라고? 언제 왔느냐?"

"새장에 가 보니 돌비가 와 있었사옵니다."

"오, 그래. 서찰은 가져왔느냐?"

"여기 있사옵니다, 전하."

서찰을 편 임금의 얼굴이 환해졌다.

"오, 대승이로구나, 대승이야."

내관 박주경도 허리를 굽신거리며 절했다.

"전하, 감축드리옵니다."

임금은 쪽지를 들고 수강궁으로 발길을 옮겼다. 비둘기의 급보를 받아 든 상왕도 크게 기뻐했다.

"이종무가 해냈구나, 그 먼 곳에서."

"아바마마의 속전속결 전략이 맞아떨어졌사옵니다."

"주상, 그런데 이 승전보를 비둘기가 가져온 게 맞습니까?"

"그렇사옵니다. 대마도에서 단숨에 날아왔사옵니다."

"한강 두모포 출정 때 주상의 말씀을 듣고 반신반의하면서 비둘기를 가져가라 했는데, 이처럼 성과가 있다니 그저 놀랄 따름입니다."

"아바마마, 이 비둘기의 비밀을 알아낸 사람은 형님이옵니다."

"아니, 양녕이 어떻게?"

"형님이 세자 시절 회회인에게 청해서 구해 온 것을 제가 받아 귀소 훈련을 시켰사옵니다."

"비둘기가 전란 때 전령으로 쓰일 수 있다는 걸 주상이 아셨군요?"

"그렇사옵니다. 형님도 저와 똑같은 생각을 한 것이옵니다."

"두 형제가 나란히 나라의 장래를 내다보았으니, 참으로 기쁩니다."

"과찬이시옵니다, 아바마마."

영의정 유정현의 종사관 조의구가 거제에서 승전보를 가지고 대궐에 온 것은 음력 6월 하순이었다. 돌비의 승전보를 다시 확인한 상왕과 임금은 또 한 번 승리의 기쁨을 누렸다.

대마도 정벌은 완전한 승리는 아니었다. 부하들과 함께 섬을 수색하던 좌군절제사 박실이 적의 매복에 걸려 패전하여 백 수십 명이 전사하고 수십 명이 크게 다친 것이다.

7월 3일 이종무는 거제도로 철군했다. 철군 보고를 받은 상왕은 거제도에 교지를 내려 보냈다.

이종무의 군사들과 전함은 거제도에 계속 머물라.

"상왕 전하, 승전했다면 귀환하는 게 도리인 줄 아옵니다."

대신들은 원정을 떠나 승리한 군사들을 하루빨리 복귀시켜야 한다고 주장했지만 상왕의 생각은 달랐다.

임금 또한 대신들과 생각이 같았다.

"아바마마의 생각이 저희와 크게 다르옵니다."

"주상, 정벌군이 대승을 거두고도 거제도에 주둔한다고 해 봐요. 그 정보는 금방 대마도로 넘어갈 텐데, 그렇게 되면 대마도주는 어떻게 판단하겠습니까?"

"심적으로 압박을 받겠군요."

"그렇지요. 내 노림수는 거기에 그치지 않습니다."

"아니, 또 다른 무엇인가가 있다는 말씀이옵니까?"

"바로 일본국입니다. 대마도 뒤에는 일본국이 있어요. 내가 대마도를 정벌하려고 한 건 일본국을 압박하기 위해서였습니다."

"아바마마, 어떻게 그런 판단을?"

"지난번 이종무가 바다에서 잡은 간첩들을 조사해 보니, 그놈들이 정보를 넘길 곳은 대마도가 아니었어요."

"그렇다면 일본국이었다는 것이옵니까?"

"그래요. 우리는 명나라에 대해서는 정보가 있어요. 하지만 일본국에 대해서는 아는 게 거의 없습니다."

"거기까지는 그 누구도 생각이 미치지 못했사옵니다."

"주상, 왜구의 노략질을 보세요. 이젠 수십 척의 배를 몰고 다니면서 저 멀리 명나라는 물론, 우리 조선을 짓밟고 있어요. 그 규모는 이제 노략질 수준을 넘어섰어요."

"그걸 차단하기 위한 초강수였군요. 일본국에 대한 선전 포고이기도 한 셈이고요."

"정확히 보셨습니다. 두고 보세요, 이제 대마도가 아니라 일본국이 움직일 겁니다. 그리고 주상, 머지않아 내 말이 맞다는 것을 알게 될 거예요."

"소자, 아바마마의 큰 생각을 따라가지 못하옵니다."

대마도를 넘어 일본국을 움직이게 하고자 했던 상왕의 판단은 임금으로서는 상상을 초월한 것이었다. 모두의 의견과 다르면 자신의 생각이 짧은 거라고 생각하라던 모습은 어디에도 찾아볼 수가 없었다. 상왕은 자식에게 말한 이치를 넘어서고 있었다. 젊은 임금은 자기의 존재가 한없이 작게만 느껴졌다.

일본국 사신

12월 14일이었다. 날씨가 추웠다. 대궐 소나무 숲에서 밤새 모여 잠잤던 까치 수백 마리가 사방으로 흩어져서 요란하게 울었다.

내관들이 두 손에 입김을 불어 가며 말했다.

"오늘따라 까치가 요란하게 우네. 무슨 좋은 일이라도 생기려나?"

"그러게 말이야."

그 시각, 임금과 대신들이 수강궁으로 발걸음을 서두르고 있었다.

"상왕 전하, 내섬판사대궐에 올리던 토산물 따위를 맡아보던 내섬시의 관리 김시우가 한강나루로 일본국 사신들을 마중 나갔사옵니다."

"오, 그랬는가."

예조판서의 보고에 상왕이 고개를 끄덕였다. 바로 옆에는 임금이 앉아 있었다.

"주상, 이번 건도 주상이 처리해 보세요. 저들의 저의가 무엇인지 잘 알아보세요. 이번에는 저들의 머리가 좀 복잡할 겁니다."

"꼼꼼히 살펴보겠사옵니다, 아바마마. 그리고 예조의 주청대로 일본국 사신 예우는 한 등급 높이도록 하겠사옵니다."

"오, 그건 아주 좋은 생각입니다."

사흘 뒤 임금이 인정전에서 일본국 사신을 맞이했다. 일본국 왕 원의지의 사신 양예가 대궐에 들어와 서계를 올리고 토산물을 바쳤다. 서계에는 다음과 같이 써 있었다.

우리와 조선은 바다를 사이에 두고 가장 가까우나, 큰 물결이 험한 때가 잦아서 때때로 소식을 잇지 못하니 이는 게으른 것이 아닙니다. 이에 양예를 사신으로 보내 문안하고 불경을 구하고자 하니, 허락하시어 이 나라 사람으로 하여금 좋은 인연을 맺도록 하시면 그 이익이 어찌 크고 넓지 않겠습니까. 엎드려 빌며 변변치 못한 토산물을 서계 끝에 열거하였습니다.

서계에는 '일본국(日本國) 원의지'라고만 쓰여 있지, 임금을 가리키는 '왕(王)' 자는 일절 사용하지 않았다. 일본국왕은 자신을 낮추고 조선 임금을 높이고 있었다.

임금은 통사통역사 윤인보에게 명하여 양예를 가까이 오도록 했다.

"바닷길이 험한데 수고롭게 왔소."

양예가 머리를 조아리며 말했다.

"전하의 덕택을 말로써 다 하기 어렵사옵니다."

"그대들이 바라는 것이 무엇이오?"

"조선의 대장경뿐이옵니다."

임금은 놀라는 표정으로 잠시 입을 닫았다가 다시 말을 이었다.

"대장경은 그대들도 알다시피 우리 조선에서도 희귀한 보물이오. 하지만…"

대신들이 임금의 얼굴을 바라보았다. 젊은 임금이 혹여

라도 대장경을 다 내어 주겠다고 하는 건 아닌지 걱정스러운 표정이었다.

"한 부는 주겠소."

대장경을 딱 한 부만 주겠다고 하자, 대신들 표정이 환해졌다.

임금의 말이 떨어지는 순간 양예는 바닥에 엎드려 큰절을 올렸다.

"전하의 은혜 이루 말할 수 없사옵니다."

"또 원하는 것이 있으면 말하시오."

양예가 다시 머리를 조아렸다.

"까치와 흰 비둘기, 오리를 가져갔으면 하옵니다."

순간 대신들이 수군거렸다. 흰 비둘기와 오리는 그렇다 치더라도, 천지에 널려 있는 까치를 달라고 하니 이해가 되지 않았다.

"일본국에는 까치가 없소이까?"

"예, 전하. 예부터 저희 나라에는 까치가 흔치 않사옵니다."

"하하하, 거참 재미있소. 까치가 없다니."

인정전이 갑자기 웃음소리로 가득 찼다. 임금이나 대신들이나 까치를 가져가고 싶다는 사신의 말을 듣자 웃음이 터져 나왔다. 점잖게 예의를 차려야 할 자리였지만, 모두들

애써 웃음을 참으려 하지 않았다. 조선의 임금과 대신들이 웃자, 일본국 사신들도 따라 웃었다.

갑자기 웃음을 멈춘 임금이 목록을 뚫어지게 쳐다보았다.

"그런데 흰 비둘기도 있군요?"

"그렇사옵니다, 전하."

임금은 직감적으로 머리에 스치는 게 있었다.

"하필이면 왜 흰 비둘기인가?"

"그건 저…."

양예가 머뭇거리자, 통사 윤인보도 잠시 입을 다물었다.

"저, 저희 일본국에서는 조선의 흰 비둘기가 머, 멋진 새라 여기고 있사옵니다."

"다른 예쁜 새도 많은데 왜 하필…."

임금은 양예의 얼굴을 뚫어지게 바라보았다. 임금이 통사 윤인보를 가까이 오라고 손짓했다.

임금이 귀엣말로 물었다.

"양예가 원래 말을 더듬기도 하느냐?"

"아니옵니다. 여러 날 같이 지냈는데, 저리 말을 더듬는 건 처음 보옵니다."

"왜 저러는 것 같으냐?"

"잘은 모르겠사오나, 교묘하게 숨기는 게 있는 것 같사옵니다, 전하."

"알았다."

그날 저녁 임금은 예조에 명하여 객청에서 일본국 사신들을 위한 잔치를 베풀었다. 임금은 사신들에게 줄 음식 종류까지 일일이 보고받았고, 풍악 잘하는 악사들을 각별하게 뽑아 보내 주었다.

저녁 무렵 임금이 수강궁에 들어가 상왕을 뵈었다.

"일본국 사신에게 대장경 한 부를 준다고 했다고요?"

"예, 그리했사옵니다."

"양국 간의 친선을 위해서라면 몇 부 더 줄 수도 있었을 텐데, 주상은 어찌 야박하게 한 부만 주셨습니까?"

"한 부도 안 준다면 저들은 앞으로 조선과의 관계가 어려울 거라 판단할 테고, 여러 부를 넉넉히 준다면 우리를 쉽게 볼 수 있을 거라 생각했사옵니다."

"허허, 현명한 판단입니다."

예조판서가 객청에서 있었던 일을 보고했다.

"전하께서 객청에 친히 들르셨을 때 일본국 사신들이 깜짝 놀랐사옵니다. 전하께서 친히 술을 내려 주자 일본국 사신들 모두 엎드려 절하고 받았고 전하께서도 함께 술잔을 기울였사옵니다."

상왕이 어깨를 활짝 펴며 말했다.

"주상, 사실 대마도 정벌은 나도 죽을 각오로 내린 결단이었습니다. 그런데 저들이 먼저 찾아와서 무릎 꿇는 걸 보니 여간 기쁜 게 아닙니다."

찻잔을 놓고 상왕과 임금의 대화가 이어졌다. 수강궁에서는 밤늦게까지 웃음소리가 새어 나왔다.

기막힌 묘책

조정에서 일본국이 청한 까치와 흰 비둘기, 오리의 짝을 찾아 나섰다. 일본국에 가서 그 새들이 알을 낳고 대를 이어야 조선의 위엄이 설 것이라고 판단한 것이다. 하지만 그 일은 시작부터 순탄치 않았다. 암수 짝을 맺어 주려고 해도 까치 깃털 무늬가 똑같으니, 어떤 놈을 잡아야 할지 알수 없었다. 흰 비둘기도 마찬가지였다. 관리들은 그저 막막하기만 했다.

"전하, 일본국이 청한 새들의 암수 찾는 일이 막막하옵
니다."

"허허, 이렇게 답답한 노릇이 있나?"

임금은 난감했다. 자신이 임금이 되어 일본국 왕사를 처
음 맞이했는데, 그들이 청한 미물 하나 제대로 짝지어 주지
못한다면 우스운 꼴을 면치 못할 터였다.

임금과 대신들이 고민하고 있는데 양녕에게 서찰이 왔다.

전하, 지금은 까치가 짝짓는 때입니다. 암수가 대궐 전각 위
둥지에 함께 있을 테니 덫을 놓아 그놈들을 잡으면 필시 암
수일 것이옵니다. 오리들은 개천에 가면 있사옵니다. 이맘
때면 북쪽에서 흰 오리들이 짝을 지어 날아옵니다. 신기하
게도 흰색이 수컷이고 암컷은 송아지처럼 누렇사옵니다. 흰
오리의 암수는 원앙 부부처럼 함께 헤엄치며 몰려다니니 눈
에 띌 것이옵니다. 기왕이면 흰 오리를 하사하여 전하의 위
엄을 보여 주시옵소서. 까치든, 흰 오리든 먹이를 놓아두고
덫을 놓으면 잡을 수 있사옵니다. 비둘기는 일 년 내내 새끼
를 치니 암수 짝을 지어 주시되, 새장에 넣어 적응케 한 뒤,
밖으로 보냈다가 새장으로 돌아오는 재주가 제일 떨어지는
놈을 고르시옵소서.

제 드림

임금은 꼬깃꼬깃 접은 양녕의 종이 서찰을 읽고 무릎을 쳤다. 기가 막힌 처방이었다. 양녕은 그저 매사냥꾼이 아니었다. 그는 새에 관한 한 모르는 게 없었다. 임금이 혹시나 하는 마음에 돌비를 광주로 보내 자문을 구했는데, 가뭄 속 단비 같은 해결책을 받은 것이다. 임금의 눈길을 끈 것은 양녕의 마지막 문장이었다. 흰 비둘기는 주되, 재주가 제일 떨어지는 놈을 고르라는 당부였다. 양녕은 왜인들도 이미 흰 비둘기가 뛰어나다는 사실을 알고 있다고 본 것이다.

"여봐라, 왜국 간첩이 소지했다던 그 종이를 가져오너라."

임금이 내관에게 명했다.

"대마도 출정 때를 말씀하시는 것이옵니까?"

"그렇다. 거기에 적혀 있는 걸 다시 봐야겠구나."

내관이 서둘러 나갔다. 내관은 한참 뒤에야 종이를 들고 돌아왔다. 임금은 종이를 들여다보았다. 전함들 그림이 그려져 있고 숫자도 적혀 있었다. 그런데 숫자 아래 깨알처럼 작은 글자 몇 개가 숨어 있었다. 종이를 가까이 들여다보았다.

"그렇구나!"

임금이 고개를 끄덕였다.

'白鳩'

간첩이 소지했던 종이에 백구, 즉 흰 비둘기란 글자가 써 있었다. 간첩은 임금이 한강 두모포 출정 때 이종무에게 흰 비둘기를 건넸다는 것까지 보고하려고 했다. 그렇다면 일본국도 흰 비둘기가 중요한 역할을 할 수 있다는 것을 이미 알고 있었다는 것이었다.

'대단하구나, 형님이.'

양녕은 일본국이 흰 비둘기를 염두에 두고 있으며 까치와 오리는 흰 비둘기를 얻기 위한 일종의 끼어 넣기에 불과한 것이라고 판단한 것이었다.

'기막힌 묘책이로구나!'

임금은 양녕의 처방에 혀를 내둘렀다.

1월 22일 아침이 밝았다.

인정전에 대신들이 모여들었고 예조에서 일본국 사신들을 이끌고 왔다.

"일본국 사신에게 하사할 새들을 대령하라."

임금의 명이 떨어지자 관원들이 대나무 새장을 가지고 왔다. 일본국에서 청한 까치와 흰 비둘기, 오리였다. 일본국 사신들 얼굴에 화색이 돌았다. 양예도 얼굴에 미소를 띠었다.

"양예는 들으시오. 그대들에게 까치는 다섯 쌍을 주겠

소. 또한 흰 비둘기와 흰 오리는 각각 두 쌍을 하사하겠소.
흰 오리는 북쪽에서 날아온 아주 귀한 녀석들이니 부디
잘 가져가도록 하시오."

임금 말이 끝나기 무섭게 사신들이 바닥에 엎드렸다.

"성은이 망극하옵니다, 전하."

양예는 몸을 일으키면서도 흰 비둘기 새장에서 눈을 떼
지 못했다.

"전하, 오리는 왜 색깔이 다른 것이옵니까?"

"흰 오리는 수컷만 흰색이고, 암컷은 누런색이라 하오."

"참으로 놀랍사옵니다, 전하."

양예는 조선이 미물에까지 해박한 지식을 가지고 있다
는 사실에 놀라 고개를 절레절레 저었다. 양예는 또한 암
수를 여러 쌍 잡아 주어 일본국에서 대를 잇도록 배려해
준 것에도 깊이 감사했다.

임금이 지신사에게 명했다.

"숙, 그자들을 데리고 오세요."

관원들이 세 사람을 끌고 와 무릎 꿇리려 하자 임금이
나섰다.

"그대들은 무릎을 꿇지 말라."

세 사람은 좌우를 살피며 어찌할 바를 몰랐다. 영문을
모르는 양예는 눈만 깜빡거리며 눈치를 살폈다.

"일본국 사신들은 이자들을 데리고 가시오."

"이자들이 누구이옵니까?"

"그건 가시면서 이자들에게 직접 들어 보시오."

임금은 왜구들 침입이 너무 잦아 지난여름 부득이하게도 그들의 본거지인 대마도를 칠 수밖에 없었다는 점을 설명했다. 그리고 본섬인 일본국에서 이 점을 널리 이해해 달라고 했고, 앞으로 조선과 일본국이 이웃처럼 친한 사이가 되었으면 한다고 말했다.

일본국 사신들이 임금에게 허리 숙여 절을 올렸다.

"성은이 망극하옵니다, 전하."

사신들이 모두 나가자 대신들이 한마디씩 했다.

"일본국 사신들이 우리 조선을 마치 큰 나라 대하듯 하더이다, 하하하."

"참으로 알 수 없습니다. 그 흔해 빠진 까치를 얻어 가다니요."

"흰 오리의 암수 색깔이 다른 걸 누가 알았을까요?"

인정전에 한동안 대신들 웃음소리가 그치지 않았다. 모두들 사신의 코를 납작하게 만든 젊은 임금을 흘긋흘긋 쳐다보았다.

대신 한 사람이 고개를 갸웃거리며 말을 꺼냈다.

"그런데 일본국 사신에게 데리고 가라고 한 세 사람은

누구랍니까?"

"대마도 정벌 때 이종무 장군이 거제도 해상에서 잡은 왜국 간첩이라 합니다."

"오, 그놈들이었군요."

대신들은 임금의 치밀함에 놀랐다. 임금은 일본국 사신들에게 큰 나라의 너그러움을 보여 준 셈이 되었다. 사신들은 얼굴을 들 수 없을 만큼의 치욕과 배려심을 느꼈을 일이었다.

대신들이 삼삼오오 모여 귀엣말을 흘렸다.

"상왕께서 왜 충녕을 임금에 앉혔는지 알겠습니다."

"상왕 전하의 천복이외다. 하하."

세 부자

일본국 사신들이 떠난 지 사흘 뒤였다. 상왕이 급히 임금을 찾는다는 연락이 왔다. 저녁 문안을 드리고 온 지 얼마 안 된 터라 임금이 의아해하며 수강궁으로 갔다.

"아바마마, 소자 왔사옵니다."

"어서 오세요, 주상."

상왕이 자리에서 일어나 임금을 맞이했다.

"주상, 곧 반가운 사람이 옵니다."

"대체 누구입니까, 아바마마."

그때였다. 내관이 아뢰었다.

"상왕 전하, 방금 오셨사옵니다."

"어서 들라 이르라."

잠시 뒤 방문이 열렸다.

임금이 놀란 표정을 지으며 말했다.

"아니, 이게 누구십니까?"

"아바마마, 소자 인사드리옵니다."

"형님!"

"전하, 인사드리옵니다."

"아바마마, 어찌 갑자기 형님을 부르셨사옵니까?"

"작년 여름 대마도 정벌에 성공했고, 덕분에 그동안 각 도에 들끓던 왜구들의 노략질이 거의 사라졌습니다. 그래서 모처럼 양녕을 불렀습니다."

"형님이 회회인에게 비둘기를 구해 오도록 한 건 대단한 일이었사옵니다, 아바마마."

"전하, 그게 뭐 대단한 일이라고 과찬이시옵니까."

"아닙니다. 평소 새를 잘 살펴보신 형님이 아니었다면 누구의 생각이 비둘기까지 미쳤겠습니까."

"나는 양녕이 그저 매사냥이나 하는 줄 알았지, 온갖 새들까지 그렇게 눈여겨본 줄은 몰랐구나, 하하."

"아무래도 형님에게 큰 상을 내려주셔야겠사옵니다, 아바마마."

"무엇을 상으로 내리면 좋을까요, 주상?"

"형님 거처를 한양으로 옮기는 건 어떻겠사옵니까?"

순간 양녕의 얼굴에 밝은 빛이 돌았다. 그것이야말로 기다리던 말이었다.

"주상, 아직 아닙니다. 더구나 양녕은 병든 매를 내게 보낸 적도 있으니 여전히 고약합니다."

"아바마마, 그건 이미 지난 일 아니옵니까?"

"아니, 비둘기는 그리 잘 알면서 매는 왜 제대로 보지 못했느냐?"

"아바마마, 미물의 속을 어찌 다 알 수 있겠사옵니까?"

양녕은 아무 말도 못 한 채 고개를 숙이고 있었다.

"조금만 더 참고 지내거라. 곧 때가 올 것이니라. 아비가 너를 이리도 박대하는 걸 너무 서운하게 생각하지 말거라."

"아바마마, 백번 지당하시옵니다. 더욱 근신하겠사옵니다."

상왕은 두 아들의 손을 덥석 잡았다.

"주상."

"예, 아바마마."

"양녕."

"예, 아바마마."

세 부자의 손이 서로 닿자 상왕의 거친 손바닥에서 따뜻한 기운이 전해졌다.

"이제 주상은 주상대로 임금의 일을 잘하고 계십니다. 또 양녕은 양녕대로 이번에 나라를 위해 큰 역할을 해 주었습니다."

양녕이 수강궁에서 물러난 뒤 상왕과 임금이 서로 마주 앉았다. 잠시 침묵이 흘렀다. 임금은 같은 자세로 구부리고 앉아 있었다.

상왕이 정적을 깨고 입을 열었다.

"주상이 지존의 자리에 오른 지 벌써 한 해 반이 지났어요. 주상은 이제 수강궁에 자주 들지 않으셔도 됩니다. 그리고 이제 모든 일은 삼정승과 상의해서 처리하세요. 군사에 관한 일도 주상에게 서서히 넘겨줄 겁니다."

"아바마마, 그런 말씀 하지 마시옵소서. 대마도 정벌도 아바마마께서 뜻을 세우고 밀어붙이지 않으셨다면 어찌 가능했겠사옵니까. 소자는 아직 배울 게 많사옵니다. 부디 헤아려 주시옵소서."

임금은 머리를 조아렸다. 임금은 자신에 대한 상왕의 믿음이 커 보일수록 무거운 몸을 더욱 낮추고 구부렸다.

'부엉 부엉.'

임금이 침전에 들었을 때 창덕궁 망새 위에서 부엉이가 울었다. 부엉이가 울기라도 하면 잠을 설쳐 내관들을 불러 내쫓으라 했던 임금이었다. 하지만 그날은 부엉이 울음소리가 자장가처럼 들려왔다.

그날 임금은 왕의 자리에 오른 뒤 처음으로 단잠에 빠져들었다.

작가의 말

어느 날, 조선왕조실록을 읽다가 세종 2년(1420년) 1월 22일 자에 눈길이 멈추었다.

亮倪等請鵲及白鳩鴨, 命捕白鳩鴨各二雙、鵲五雙賜之。

우리말로 옮기자면 이렇다. '일본국 사신 양예 등이 까치와 흰 비둘기, 오리를 청하거늘, 흰 비둘기와 오리 각각 두 쌍과 까치 다섯 쌍을 잡아 하사하도록 명하였다.'

처음에는 단순히 일본에 그런 새들이 귀했겠거니 하고 넘어가려고 했다가, 실록의 행간에 흥미로운 사실이 숨어 있지 않을까 상상해 보았다.

대마도 정벌 이후, 조선은 이종무 장군이 이끄는 대군

을 거제도에 머물게 하였고 재차 공격을 논의하며 대마도를 더욱 옥죄었다. 일본국이 대마도 문제에 개입하여 왜구 침입을 차단해 달라는 압박의 의미도 있었다. 당시 조선의 한양과 부산포에 왜인 간첩들을 두고 있던 일본국은 조선이 대군을 이끌고 대마도를 공격할 것이라고는 상상도 하지 못했다. 일본국은 당황했다. 조선이 본섬까지 공격할지도 모른다고 불안해했을지 모른다.

일본국 사신단은 조선의 정세 파악이 시급했고, 우선은 조선과의 관계를 풀어 발등에 떨어진 불을 끄고자 했을 것이다. 조선 조정도 일본국 사신을 전보다 한 등급 높여 예우했고 보물인 대장경도 하사하면서 분위기를 띄웠다. 그런데 일본국 사신이 새를 달라고 추가 요청한 것이다. 조정은 적극적으로 나섰다. 그때 문제가 생겼다. 암수 한 쌍씩짝을 지어 하사하려고 했지만, 까치는 깃털 색깔로 암수 구별이 안 되었다. 흰 비둘기도 마찬가지였다. 더구나 흰 비둘기는 중요한 역할을 할 수 있는 새였다. 그렇다면 이것을 누가 해결했을까? 새 전문가 양녕대군이 소설에 등장한 배경이다.

스물둘에 왕위에 오른 세종은 어떠했을까?

세종은 왕세자 교육을 제대로 받지 못했다. 형인 양녕대군이 세자에서 폐위되고 갑자기 세자로 책봉되었다가 두 달 만에 왕이 되었기 때문이다. 세종은 독서를 많이 하고 똑똑했지만 왕의 자리는 만만하지 않았다. 상왕(태종)은 세종에게 병권을 제외하고 모든 것을 맡겼지만, 세종은 조정의 일을 모두 상왕에게 보고했다. 그도 그럴 것이, 조정의 문무 대신들은 상왕이 뽑은 자들이었다. 세종은 조정 대신들의 눈과 귀가 언제나 자신을 향해 있다는 점을 결코 잊지 않았다. 몸을 더욱 낮추고 목소리를 높이지 않았다. 세종은 양녕대군도 무시할 수 없었다. 광주로 간 양녕은 건재했고 대궐의 대소사에도 참석했으며 상왕의 관심을 받고 있었다. 세종은 늘 외롭고 불안했을 것이다. 그러던 어느 날 세종은 양녕에게 술과 고기를 하사한다. 세종이 양녕과 소통하고자 했던 단서가 아닐까 생각했다.

세자 시절 양녕은 상왕 앞에서 충녕대군을 칭찬한 적이 있다. 세자 양녕에 대한 충녕의 부정적인 행동과는 사뭇 달랐다. 그것은 양녕의 아량이 그만큼 넓다는 것을 보여 준 장면이었다.

어느 날, 세종은 서찰을 보내 양녕을 대궐로 불러들인다. 세종으로서는 이런저런 이야기를 나누면서 양녕의 속내도 파악해 보고 싶었을 것이다. 어쩌면 세종은 외롭고 불안한 나날을 보내면서 자유롭게 살아가는 양녕이 되레 부러웠을지 모른다. 세자 시절 천민, 양반 가리지 않고 누구와도 교류했던 양녕이 아라비아인을 만난 것도 상상해 볼 수 있다. 실제 당시 조선에는 회회인들이 오가며 장사를 했고 우연히 선물받은 흰 비둘기가 세종의 눈에 띄게 된 것이다. 세종은 똑똑한 흰 비둘기가 유사시 전쟁의 상황을 알려 줄 수 있는 전서구 역할을 할 수 있다고 생각했다. 놀랍게도 세종의 그런 생각은 폐세자 되어 광주로 쫓겨 간 양녕대군과 일치했다. 양녕은 매를 다루었기 때문에 그 누구보다 새의 생태에 탁월한 식견이 있었을 것으로 보인다. 양녕은 나라의 안위를 위해 유사시 전서구 역할을 할 수 있는 우수한 흰 비둘기가 일본국으로 넘어가지 않도록 세심한 자문까지 했을지도 모른다.

한글 창제를 비롯하여 수많은 업적을 이룬 세종은 조선시대 최고의 성군이다. 하지만 세종의 임금 초년은 그리 행복하지도, 성공적이지도 않았다. 세종의 장인 심온은 명나라 사은사로 갔다가 돌아오는 길에 체포되어 사약을 마셨다. 장모와 처제는 노비로 전락했다. 현직 왕의 처가에 벌어진 일이다. 상왕 앞에서 그 어떤 항의조차 못 했던 세종의 심정은 어떠했을까? 세종은 또 왜구의 침입을 받은 뒤 수군을 폐지하자고 주장했다가 신하들의 반대로 뜻을 이루지 못했다. 만일 태종이 없는 상태에서 자신의 주장을 끝까지 밀어붙였다면 어찌 되었을까? 끔찍한 사태가 벌어졌을 일이다.

《새내기왕 세종》은 우리 역사 최고의 성군인 세종의 임금 초년 시절 이야기다. 왕이 되었지만 실권 없이 살았던 임금의 이야기이며, 상왕의 칭찬과 인정을 받고 싶은 젊은 임금의 이야기다. 세종은 상왕이 절대 권력을 나누지 않는 잔인한 방식을 지켜보았고, 국가의 안위를 위해서는 임금조차 속일 수 있는 치밀함을 보았다. 또 상왕을 통해 강한 국가와 만백성을 위해서 어떤 임금이 되어야 하는지 서서히 깨달았을 것이다. 이 책은 늘 가슴 떨리는 나날을 보냈던, 그야말로 새내기 임금 시절 세종의 이야기인 것이다.

세종대왕 연보

세종은 조선의 4대 왕으로, 이름은 이도(李祹), 자는 원정(元正), 즉위 전 군호는 충녕대군(忠寧大君), 시호는 장헌(莊憲)이다. 세종은 세자 양녕대군이 폐위되고 세자로 책봉된 뒤 두 달 만에 부왕인 태종으로부터 왕의 자리를 물려받았다.《새내기왕 세종》은 그 이듬해 봄부터 겨울(세종 1년~2년)까지 벌어진 일을 다루고 있다. 이야기는 대부분 조선왕조실록을 바탕으로 하고 있지만 몇몇 이야기는 앞뒤 정황에 비추어 상상력으로 꾸며 냈고, 몇몇 인물은 이름을 바꾸어 썼다.

● 1397년(태조 6년, 1세) ─────────────────

   4월 10일   이성계의 아들 이방원과 여흥 민씨의 셋째 아들
                 로 태어나다.

● 1400년(태종 원년, 4세) ─────────────────────────

　11월　　　　아버지 이방원정안군이 조선의 3대 왕태종으로 즉
　　　　　　　위하다.

● 1408년(태종 8년, 12세) ─────────────────────────

　2월 11일　　충녕군으로 책봉되다.

　2월 16일　　우부대언 심온의 딸후일 소헌 왕후에게 장가들다.

● 1412년(태종 12년, 16세) ────────────────────────

　5월 3일　　　충녕대군으로 진봉되다.

● 1418년(즉위년, 22세) ─────────────────────────

　6월 3일　　　세자 양녕대군이 폐위되고, 왕세자로 책봉되다.

　8월 10일　　상왕태종이 물러나고 임금의 자리에 오르다.

　12월 23일　　장인인 영의정 심온이 사약을 받다. 심온은 태
　　　　　　　종이 역모 죄를 뒤집어씌워 죽인 것으로, 문종 1
　　　　　　　년(1451년) 때에 이르러 조정에서 의논케 하여 빼
　　　　　　　앗겼던 관직을 도로 주었다.

● 1419년(세종 1년, 23세) ────────────────────────

　4월 1일　　　양민들이 무릉도에서 나와 경기도 평구역리에

도착하였으나, 양식이 떨어졌다는 보고를 받고 그들을 구원케 하다.

4월 12일   인정문 밖 행랑을 잘 감독하지 못한 판우군도총 제부사 박자청을 하옥하다.

4월 13일   제주 진제사의 보고를 받고 충청도와 전라도 각 군의 잡곡을 옮겨다가 제주도민을 도와주다.

4월 14일   태조 때 두었다가 폐지된 돌팔매질 대오를 다시 만들되, 공인과 상인에 대해서는 그 집 홋세_{세금}를 면제하고 양가의 자제는 등용하겠다고 하다.

4월 15일   상왕과 함께 동교에 나아가 해청_매을 날리다.
           박자청의 직을 파면하다.

4월 16일   상왕의 어깨가 몹시 아프다고 하여, 영의정 유정현과 참판 이명덕이 뜸질을 하지 말고 온천에 가서 치료할 것을 청하다.

4월 17일   좌의정 박은이 상왕에게 평산 온천에 거둥할 것을 청하니, 상왕이 따르는 사람의 수를 간편하게 준비하라 명하다. 또한 각 도의 감사와 수령에게 관할 구역을 넘어 문안하지 말도록 하다.

4월 18일   임금이 저화_{종이돈} 사용의 편리함에 대해 물으니, 허지가 저화의 가치가 너무 떨어진다고 답하다.

4월 19일   군자감의 묵은 쌀과 콩을 저화로 바꾸는 문제와 구제 사업의 폐지 시기에 대해 신하들과 논하다.

4월 20일　　상왕을 모시고 평산에 행차하다.

4월 21일　　상왕과 개성 덕안전에 들러 진전을 구경하고 경덕궁에 머물다.

4월 22일　　상왕이 태조 진전을 보고 마음에 들어 하며 기뻐하다. 진전을 감독한 송남직을 삼품관으로 승진시키다.

4월 23일　　상왕과 음촌산에서 사냥하다.

4월 24일　　성불산에서 사냥을 구경하고 성불동에 머무르다. 상왕이 곡식 보호를 위해 숙소를 옮기지 못하게 하다.
　　　　　　해주 창고의 좋은 곡식을 내어 수행원과 말에게까지 주다.

4월 26일　　평산 온천에 도착하여 상왕이 목욕하다.
　　　　　　거둥 때 곡식을 밟아 손상시키는 것을 엄금하다.

4월 27일　　온천 아래 사는 농사꾼에게 음식을 하사하다.

4월 29일　　상왕이 선군_{水軍} 내의 장정 및 도성에 있는 방패(防牌)를 수강궁 누문 공사에 동원하라고 명하다.

5월 1일　　온천에서 목욕하는 병자와 농사짓는 사람들에게 쌀과 술 등을 내리다.

각 도에 역질이 돈다는 보고를 받고 감사들에게 약을 주어 병자를 치료하도록 명하다.

5월 3일　　어가가 개성에 이르렀을 때 회회인을 만나다.

맹인 백십사 명에게 쌀 사십 석을 하사하다.

태조 진전이 완공되다.

5월 4일　　충청도 결성 지역에 왜선이 나타나다.

5월 7일　　충청도 비인현에 왜선 오십여 척이 침입하여 조선의 병선을 에워싸고 불 지르다.

상왕과 궁으로 돌아오다.

5월 10일　　충청좌도 도만호 김성길을 참형에 처하다. 김성길의 아들이 싸우다 죽어 사람들이 슬퍼했으나, 전라도 감사가 왜적이 경내를 지나간다고 급히 알렸는데도 김성길이 제대로 방비하지 못한 것으로 밝혀져, 체복사가 벤 것이었다.

5월 12일　　황해도 해주에 왜선 일곱 척이 침입하다.

5월 14일　　전함을 폐지하는 문제에 대해 논의하다. 임금이 전함을 폐지하고 육지만 지키는 것이 좋겠다고 말하자, 판부사 이종무와 찬성사 정역이 우리나라는 바다에 접해 있어서 전함이 없으면 안 된다고 반대하고, 다른 대신들도 좋은 계책이 아니라며 반대하다.

박자청을 사면하다.

상왕과 임금이 대신들을 불러 대마도 치는 문제를 의논하다. 장천군 이종무를 삼군 도체찰사로 명하다.

5월 15일	귀화한 왜인의 관리에 대해 지시하다.
5월 18일	상왕과 두모포에 거둥하여 이종무 등 여덟 장수를 전송하다.
5월 23일	윤득홍 등이 백령도에서 왜구를 무찌르다.
6월 9일	상왕이 대마도를 정벌할 것을 널리 선포하다.
6월 17일	이종무가 거제도에서 바다로 나갔다가 바람 때문에 다시 들어오다.
6월 19일	이종무가 다시 대마도를 향해 진군하다.
6월 20일	대마도에 도착하여 성과를 올리다.
6월 29일	유정현의 종사관이 대마도 승전을 보고하다.
7월 14일	수강궁의 군기고에 군기와 화약을 두고 군사들로 하여금 숙직토록 하다.
7월 28일	병조에서 9~10월 대마도 섬멸을 위해 각 도의 병선을 수리하게 하다.
8월 7일	양녕대군에게 술과 고기를 하사하다.
8월 27일	병조에서 지방에 나누어 준 왜인 노비의 왕래를 금지하도록 아뢰고, 상왕이 따르다.

11월 20일	일본국 왕사왕의 사신 양예 등이 대마도에서 사로잡혔던 강인발과 갑사 김정명 등 네 명을 데리고 부산포에 도착하다.
11월 23일	대호군 이승직을 경상도에 보내어 일본국 사신을 맞이하게 하다.
12월 1일	일본국에 보낼 회례사(답례로 보내는 사신) 문제를 의논하다.
12월 14일	일본국 사신들이 한양에 들어오다. 예조에서 사신들에 대한 예우를 한 등급 높여 달라고 청하다.
12월 17일	양예가 일본국 왕 원의지의 서계를 올리고 토산물을 바치다. 서계에서 원이지는 왕(王) 자를 쓰지 않고 스스로를 정이 대장군으로 지칭하다.
12월 21일	양녕의 말 세 마리를 거두어들이려고 했다가 그만두다. 양녕이 전날 남의 첩을 빼앗으려고 했기 때문이다.
12월 27일	궁궐에서 만든 술을 양녕대군에게 내리다.

◉ 1420년(세종 2년, 24세)

1월 6일	일본국 사신 양예를 맞이하여《대장경》한 부를 주다.

1월 22일　　양예 등이 까치, 흰 비둘기와 오리를 청하니 이
　　　　　　를 하사하다.

● 1420년(세종 2년, 24세) ──────────────────────
3월 16일　　집현전에 정일품 두 명, 대제학 두 명을 정이품
　　　　　　으로 하는 등 인원수를 정하고 그 관원들을 임
　　　　　　명하다.

● 1426년(세종 8년, 30세) ──────────────────────
5월 18일　　장인 심온이 역모 죄로 죽은 뒤 노비가 된 소헌
　　　　　　왕후 심씨의 어머니 안씨에게 작첩을 돌려주게
　　　　　　하다.

● 1430년(세종 12년, 34세) ─────────────────────
2월 14일　　《농사직설》을 전국의 감사와 수령에게 보내어
　　　　　　농사에 힘쓰게 하다.

● 1431년(세종 13년, 35세) ─────────────────────
3월 17일　　《태종실록》이 편찬되다.

● 1433년(세종 15년, 37세) ─────────────────────

9월 16일　　물시계인 '자격궁루'를 만든 장영실에게 호군의
　　　　　　관직을 더해 주다.

● 1439년(세종21년, 43세) ─────────────────

11월 15일　　왜인 나사야문이 종정성의 위조한 서계를 가지
　　　　　　고 온 것을 도로 돌려보내다.

● 1442년(세종 24년, 46세) ─────────────────

3월 16일　　대호군 장영실이 만든 안여임금이 타는 가마가 견실
　　　　　　하지 못하여 부러졌으므로 의금부에 명을 내려
　　　　　　국문하게 하다.

● 1443년(세종 25년, 47세) ─────────────────

12월 30일　　훈민정음을 창제하다. 임금이 친히 언문 28자를
　　　　　　지었는데, 초성, 중성, 종성으로 나누어 합한 연
　　　　　　후에야 글자를 이루었다.

● 1444년(세종 26년, 48세) ─────────────────

2월 20일　　집현전 부제학 최만리 등이 언문 제작의 부당함
　　　　　　을 아뢰다.

● 1445년(세종 27년, 49세) ─────────────────────

　3월 30일　　화포를 개량하는 등 화포 제도를 새롭게 하다.

● 1446년(세종 28년, 50세) ─────────────────────

　3월 24일　　소헌 왕후가 수양대군의 집에서 죽다.

● 1450년(세종 32년, 54세) ─────────────────────

　2월 17일　　영응대군 집 동별궁에서 승하하다.

　　　　　　　임금은 슬기롭고 도리에 밝으매, 마음이 밝고 뛰
　　　　　　　어나게 지혜롭고, 인자하고 효성이 지극하며, 용
　　　　　　　감히 결단하며, 배우기를 좋아하되 게으르지 않
　　　　　　　아, 손에서 책이 떠나지 않았다. 일찍이 여러 달
　　　　　　　동안 편치 않았는데도 글 읽기를 그치지 아니
　　　　　　　하니 태종이 근심하여 서적을 감추게 하였는데,
　　　　　　　한 책이 남아 있어 날마다 외우기를 마지 않으
　　　　　　　니, 대개 천성이 이와 같았다.

새내기왕 세종

초판 1쇄 펴낸날 2021년 5월 15일
초판 7쇄 펴낸날 2023년 11월 7일

지은이   권오준
그린이   김효찬
편집장   한해숙
편집   신경아, 이경희
디자인   최성수, 이이환
마케팅   박영준, 한지훈
홍보   정보영, 박소현
영업관리   김효순
펴낸이   조은희
펴낸곳   주식회사 한솔수북
출판등록   제2013-000276호
주소   03996 서울시 마포구 월드컵로 96 영훈빌딩 5층
전화   편집 02-2001-5822 영업 02-2001-5828
팩스   0303-3440-0108
전자우편   isoobook@eduhansol.co.kr
블로그   blog.naver.com/hsoobook
페이스북   chaekdam
인스타그램   chaekdam

ISBN 979-11-7028-779-7

큐알 코드를 찍어서
독자 참여 신청을 하시면
선물을 보내 드립니다.

 책담 다른 내일을 만드는 상상